O amor é uma cachaça doida

O amor é uma cachaça doida

CARMELO RIBEIRO

um romance
brega

Labrador

© Carmelo Ribeiro, 2024
Todos os direitos desta edição reservados à Editora Labrador.

Coordenação editorial Pamela J. Oliveira
Assistência editorial Leticia Oliveira, Vanessa Nagayoshi
Direção de arte e capa Amanda Chagas
Projeto gráfico Marina Fodra
Diagramação Nalu Rosa
Preparação de texto Sérgio Nascimento
Revisão Priscila Pereira Mota

Dados Internacionais de Catalogação na Publicação (CIP)
Jéssica de Oliveira Molinari - CRB-8/9852

Ribeiro, Carmelo
 O amor é uma cachaça doida / Carmelo Ribeiro.
São Paulo : Labrador, 2024.
208 p.

 ISBN 978-65-5625-728-0

 1. Ficção brasileira I. Título

24-4683   CDD B869.3

Índice para catálogo sistemático:
1. Ficção brasileira

Labrador

Diretor-geral Daniel Pinsky
Rua Dr. José Elias, 520, sala 1
Alto da Lapa | 05083-030 | São Paulo | SP
contato@editoralabrador.com.br | (11) 3641-7446
editoralabrador.com.br

A reprodução de qualquer parte desta obra é ilegal e configura uma apropriação indevida dos direitos intelectuais e patrimoniais do autor. A editora não é responsável pelo conteúdo deste livro.
Esta é uma obra de ficção. Qualquer semelhança com nomes, pessoas, fatos ou situações da vida real será mera coincidência.

> Bate coração
> Pode quebrar minha costela
> Bate coração
> Me mate de amor por ela.
>
> **APRENDA CORAÇÃO**
> Aracílio Araújo e
> Maurício Reis

PARTE 1
BOTA CACHAÇA, PORRA
9

PARTE 2
ELA AMAVA COMO UMA GATA DE RUA
85

PARTE 3
MINHA SORTE CACHORRA
147

PARTE 1
BOTA CACHAÇA, PORRA

1

Houve um tempo em que os cantores de brega escolhiam as cidades da Chapada Diamantina para encerrar a carreira e encontrar a estrela Dalva.

Cantavam em Ibitiara, Iramaia, Itaetê, Ibicoará, Mucugê e Piatã.

Até que não cantavam mais.

Porém isso foi antes que descobrissem Jozebela.

É verdade que na capital da Borborema todo mundo logo escuta que ali não se pode contar com ninguém, nem pra trazer a morte. Mas isso é mentira, eles contam essas coisas pra assustar os bestas e os levianos; entretanto, há quem acredite.

Por outro lado, de fome não se morre, porque se a Cidade da Bahia tem 365 igrejas, a Namoradinha do Atlântico tem quatrocentas casas de brega.

É mentira.

Mas ninguém pode negar que abundam, que não faltam bares, teatrinhos e casas de shows onde se toca de tudo, desde que seja triste e faça chorar: tango, milonga, vidalita, blues, bolero, fado, samba-canção, rancheira, guarânia e brega.

A cidade onde urubu de baixo caga no de cima é a Disneylândia dos cantores de brega, pois não faltam otários, cornos, gafes, mamarrachos, *losers*, *gauches*; enfim, todos os gêneros de fodidos que, em casos extremos, dão cabo da própria vida pulando da torre do Relógio ou ingerindo o "Espero-te no céu", ou seja, a dose fatal de qualquer substância.

Porém antes da decisão extrema passam horas e horas e horas ouvindo brega. E, pra ser sincero, bregueiros gozam mesmo de alguns privilégios em Jozebela, desde que também estejam fodidos. É o caso de Iranildo Batista da Costa, conhecido em todo o Brasil como Fernando Saymon — o poeta do brega —, que, depois de uma carreira de altos e baixos, resolveu se esconder do resto do mundo em Jozebela, onde canta de vez em quando, xinga os raros jornalistas que ainda o procuram, aperreia o juízo dos poucos amigos e bebe como uma cachorra.

Bebe tanto que talvez conheça mais bares que casas de brega, mas o bar preferido do poeta é mesmo o Colecionador de Chifres, que fica a pouca distância da casa do amigo Marcone Edson e do apartamentinho de Paulo Hermenegildo, com quem ele costumava beber, embora quase sempre tudo terminasse em camaradagem e risos ou em grosserias e lágrimas, como naquela segunda-feira:

— Tu não é gay não, fresco safado.

— Eu dou o cu, sim.

— É isso, tu só dá o cu. Gay é Cauby Peixoto. Eu cantei com Cauby Peixoto.

Rildo fez beicinho, choramingou, levantou-se e gritou:

— Eu sou gay, sim.

E saiu aos arrufos.

— Porra.

Desnorteado, Fernando ficou sem saber o que fazer, depois disse:

— Volta aqui, fresco safado. Vai me deixar sozinho?

Mas a essa altura Paulo Hermenegildo, ou melhor, Rildo e não Gildo, como gostava de ser chamado, já estava subindo as escadas do prédio onde morava.

Lapa de Corno viu e ouviu tudo e, do outro lado do balcão, deu um muxoxo e achou melhor chamar o filho de Marcone.

Caminhou até a frente do próprio estabelecimento e, para espanto dos poucos clientes daquele fim de tarde, gritou:

— Viceeeeente!

Uma menina apareceu na janela da mansão do outro lado da praça e, com uma voz um tantinho rouca, gritou de volta:

— Ainda não chegou, não, Seu Lapa!

Lapa de Corno balançou a cabeça em um gesto de desapontamento e caminhou para trás do balcão, preocupado, pois seis, seis e quinze, os músicos começariam a chegar; e, justo quando começassem a tocar, Fernando, que dormia com o queixo encostado no peito, acordaria, faria questão de cantar "Noite cheia de estrelas" e não ia dar certo.

Por isso, Lapa de Corno ficou de olho na rua e quando viu o Del Rey azul de Marcone Edson se aproximar, correu para chamá-lo.

Deu sorte: Vicente acompanhava o pai e foi arrastar o artista até o quarto reservado para ele no Palácio do Brega.

2

Ivone, que estava em Jozebela para cuidar da saúde do filho, depois de não encontrar o irmão no apartamento, trocou mensagens com Rildo e de lá seguiu para a casa de Marcone Edson.

Estava acompanhada do doente, um rapaz alto, forte para a idade e com cara de sono.

Foram recebidos por uma menina que não tinha doze anos — ou melhor, aparentava menos, mas contava treze primaveras —, que levou mãe e filho até a cozinha, em que sozinho, olhando um enorme quintal onde galinhas e outros bichos de pena ciscavam, Fernando bebia café.

Ao vê-los, o artista se dirigiu ao sobrinho:

— Naldo! Tá grande que só a porra, repara mesmo. Já tá comendo muita mulher?

O rapaz não pareceu constrangido e respondeu muito descansado.

— Tô não.

Fernando sorriu e Ivone falou:

— Evaldo, vá lá pra sala que eu preciso conversar com seu tio.

Com a mesma voz vagarosa o rapaz de quinze anos e nenhuma pressa respondeu:

— Mas mãe, eu não conheço ninguém.

— É uma ótima oportunidade pra conhecer.

Ele suspirou e foi se retirando.

— Espere — ordenou Ivone.

— O que foi? — perguntou o rapaz, lembrando-se em seguida. — Ah.

Aproximou-se de Fernando, estendeu a mão e pediu:

— Bença, tio.
Fernando apertou a mão do sobrinho e disse:
— Deus te faça feliz. E que não te falte xereca de todo tipo e tamanho.
O rapaz concordou com a cabeça e saiu da cozinha como se arrastasse correntes.
Então, diante do olhar interrogativo da irmã, Fernando perguntou:
— Que foi?
— Não tem ninguém nessa casa?
— Quem trabalha tá trabalhando, quem estuda tá estudando e quem não tem o que fazer tá dormindo.
— E essa menina, ela tem o que mesmo?
— Sei não. Mas pode ser o que for, eu gosto demais dela.
— Eu recebi muitos telefonemas.
— Eu continuo em ano sabático.
— Eram contatos para shows. Fortaleza, Recife, João Pessoa. O brega tá na moda.
— Tá porra nenhuma. Essa desgraça que tão fazendo em Belém e essa misera que tá na moda em Recife não é brega, é putaria. Eu não tenho nada contra putaria, mas não é brega.
— E do Jozebrega? Vai participar?
— Vou, pode confirmar. Negocie o cachê e pode ficar com ele. Eu não preciso.
— Vou falar com Gideone.
— Como é que ele tá? Continua do mesmo jeito?
— Continua, mas pelos menos é honesto. Se recuperou da doença, acontece que o temperamento não mudou. Acho que até piorou um pouquinho.
— E Valdo?
— Você quer dizer Naldo?

— É o único Evaldo que virou Naldo.

— Está praticamente bom. Não deu nada nos exames. O ano que vem, se não der nada de novo, está curado. Foi o que disse Doutor Roosevelt.

— Esse Doutor Roosevelt é um febrento mesmo, se a gente fosse ouvir os médicos de São Paulo...

— Você brigou com Rildinho?

— Briguei.

— Ele tá sentido.

— Eu vou fazer as pazes. Foi coisa besta.

— O que foi?

— Sabe que eu não sei. Já tava chei de mé.

— Você tá se matando, meu irmão.

— A vida é minha.

— Soque ela no cu então.

Fernando riu e depois perguntou:

— Como é que vai aquela desgraça do teu marido?

— Vai bem.

— E o resto do pessoal?

— Quer saber mesmo?

— Quero não.

— Um jornalista me procurou.

— Eu não dou entrevista nem pra Flávio Cavalcanti.

— Flávio Cavalcanti já morreu faz tempo. Ele tá escrevendo uma biografia...

— Ivone, o que é isso? Eu já tenho biógrafo, e é aquele fresco safado. Eu hoje mesmo vou lá.

— Ele tá escrevendo a biografia de Sandro Paulo.

— Ah, de Sandro, é?

— É. Você fala com ele?

— Falo. Se é pra Sandro, falo sim.

— O nome dele é Lucas. Ele vai te procurar.

— Tá certo.

— Você não quer passar um tempo no sítio?
— Quero não.
Então a mulher retirou da bolsa uma pasta, abriu e disse:
— Tá. Assine aqui esses papéis. Agora tudo volta a ser com Gideone.
— Tu não tá me roubando não, tá?
— Até que não. Mas devia. Cu de bêbo não tem dono.
Fernando não respondeu e Ivone andou até a porta; olhou o quintal, não se importou com os patos, marrecos e o casal de pavões, e perguntou:
— Tem alguma chance de eu conseguir falar com Marcone?
— Sei não, só perguntando à menina.
Ela guardou a pasta com os papéis e os dois seguiram para a sala, onde encontraram a menina jogando Free Fire com Naldo.
— Letícia, seu pai tá em casa? Minha irmã quer falar com ele.
— Ah. Tá não, ele já saiu. Foi ver os galos de briga; só volta tarde.
— Então vamos embora, mocinho — falou Ivone para o filho, enquanto Fernando quis saber:
— Tá ganhando?
— Tô nada. Eu achei que sabia jogar. Nunca perdi tão feio.
Foi aí que o rapaz perguntou à menina:
— Você aprendeu a jogar com quem?
— Sozinha.
Ivone disse:
— Posso pegar seu número?
— Pode. Pra quê?
— Pra saber notícias desse bebezão aí.

— Naldo, tu não tem telefone não? — perguntou Fernando.

— Mãe não deixou eu trazer pra eu vir conversando com ela. Aí passou o caminho todo no celular e eu bestando.

— Me respeite que eu sou sua mãe, seu atrevido.

E puxou com força a orelha do rapaz.

Os dois então foram até o terraço, enquanto a mulher e a menina trocavam telefone.

Fernando disse:

— Naldo, você precisa vir aqui passar uns tempos comigo. Marcone não se importa.

— Se mãe deixasse eu até vinha.

— Ela continua mandando no teu pai?

— Ela manda em todo mundo.

Fernando riu, justo quando Ivone se aproximava dele para se despedir, depois do que recomendou:

— Cuidado com a cachaça, Fernando.

— Fique tranquila, estrada é que mata cantor de brega e eu não dirijo mais.

3

Fernando estava caminhando até o bar, mas se lembrou de Rildo e seguiu até o apartamento dele.

Entrou no prédio, subiu até o segundo andar, bateu e não obteve resposta, mas sabia que àquela hora Rildo estava em casa. Tinha voltado da aula de violão ou de alguma outra coisa, com certeza.

— Rildo, porra. Desculpa. Abre essa merda, caralho. Eu tava chei de mé. Diga só que me desculpa...

Irritou-se e subiu o tom.

— Eu não sou tua rapariga, não. Eu já disse que tô errado. Porra! Caralho!

Uns meninos apareceram no corredor e um homem começou a resmungar em algum lugar.

— Rildo. Gildo. Paulo Hermenegildo. Caralho! Quer saber de uma coisa? Vá pra puta que o pariu, seu fresco safado.

Uma voz de mulher censurou:

— Olha as crianças.

— Vá a senhora também e toda a sua família!

E desceu as escadas, fumaçando.

Quando estava já do lado de fora, viu que Rildo o observava da janela e gritou:

— Porra, caralho! Eu bati no peito, disse que a culpa foi minha! Me chamei de burro, disse que falei merda, que fui grosso. Que queres tu de mim? Meu rabo? Tu queres meu rabo? Desce que eu te dou o rabo.

Virou-se pra janela e mostrou uma parte da bunda.

— Olha as crianças!

— O que é que tem as crianças? O rabo é seu, minha senhora? Vá dá o rabo também.

— Eu vou falar pro meu marido.

— Mande ele ir lá em Lapa de Corno que a gente resolve. Eu como o rabo dele e depois venho comer o seu também... Rildo, fresco, vem embora!

— Eu vou me vestir e chego já lá.

— Tu é fresco mesmo. Caralho.

4

O poeta do brega estava bebendo tanto que poderia contar que morava no Colecionador de Chifres e não na própria casa — um apartamentinho em que quase nunca ia —, pois quando não estava enchendo a cara, matava o tempo e depois frequentemente adormecia no apartamento de Rildo ou no Palácio do Brega.

Bebia de tarde e de noite e quase já não se importava com as próprias idiossincrasias; uma delas, não beber em bar muito cheio — coisa que já não o impedia de beber. Por isso, naquela sexta-feira à noite, bebia com Bira, parceiro de longa data e também dos últimos sucessos que gravou, no Colecionador de Chifres, que já não tinha espaço nem pra uma mosca dar uma mijadinha.

Bira era um sobrevivente e podia contar uma história ainda mais infeliz que a dele, mesmo assim seguia vivendo das letras e da música. Fazia letra para melodias de compositores "sertanejos" e criava jingles para qualquer produto, inclusive candidatos a qualquer cargo eletivo; e escrevia — o sonho dele era ser escritor *best-seller*, conhecido e reconhecido em Oropa, França e Bahia. No entanto, embora já tivesse publicado quase todo tipo de gênero literário, só fizera algum sucesso como autor de romances pseudossáficos. Isso porque se destinavam não a mulheres, mas a homens que se excitavam com histórias protagonizadas sempre por duas belas fêmeas que se encontravam para trocar carinhos e fluidos e quase sempre convidavam um rapaz para participar da brincadeira.

Contudo, publicou os romances "sáficos" com o pseudônimo de Dione Satanela, razão pela qual, quando ganhou algum dinheiro, não ganhou reconhecimento, pois o mistério do anonimato contribuiu e ainda contribui para a venda dos livros. Os mais vendidos da série foram: *Coisa de menina*, *Baba de moça* e *Mulher com mulher*.

Porém, voltando a Fernando, ele gostava de beber com Bira porque Bira sabia ouvir e sabia falar e, principalmente, sabia beber. E Bira gostava de beber com Fernando porque eles eram merda do mesmo furico, como dizia, mas não em um bar cheio, porque o poeta do brega sempre arrumava confusão em lugar onde houvesse muita gente. E como Bira não bebia cachaça e comia coração de galinha à toa, quando percebeu um casal brigando e Fernando de olho, tentou, como quem não quer nada, convencer o amigo a acabar a noite no bar do Baiano, mas não conseguiu; e quando o Colecionador de Chifres estava começando a se esvaziar, aconteceu.

O casal levantou brigando e brigando chegou à frente do bar, onde o homem bateu com força na cara da mulher, que caiu; depois o infame olhou em volta para ver se alguma feminista ou algum "novo homem" dizia alguma coisa.

Ninguém disse, mas Fernando levantou "melado", expressão que se usa em Jozebela para nomear um estágio mediano de embriaguez, e foi enfrentar a fera, que tentou intimidá-lo:

— O que foi? Isso né da tua conta não, cu de cana. Volta pro teu canto que é o melhor que tu faz.

E deu um jeito de mostrar ainda mais o volume na cintura.

A mulher, já recuperada, tentou ir embora, mas o "companheiro" a puxou pelos cabelos de manga chupada e disse:

— Você fica aqui, vagabunda.

Foi então a vez de Fernando falar:

— Eu vou quebrar a tua cara, filho da puta.

— E eu vou lá brigar contigo, cachaceiro.

— Pelo jeito tu só bate em mulher.

— Vai-te embora daqui, pinguço. Eu tô te avisando — mostrou os dentes e completou:

— Ah, eu tô te reconhecendo. Tu é o Leão de Chifres.

— Um corno conhece o outro.

— Filho da puta. Eu vou te mostrar quem é corno.

— Vai me dá um tiro? Tu só é homem com ferro na mão.

— Vá embora, moço. Tá tudo bem — falou a mulher antes de ser empurrada pelo homem, que em seguida tirou a arma da cintura e a colocou no rego da bunda.

Mostrou as mãos livres e disse:

— Vem, cu de cana.

Fernando partiu pra cima dele como um trator, só que em câmera lenta. Levou um baita soco no olho esquerdo e caiu de borco.

Porém o valente não teve muito o que comemorar, pois Bira veio por trás e o socou, sem dó, no meio das costas.

O valente caiu e, quase no mesmo instante, houve um barulho, talvez de tiro, mas que provavelmente era outra coisa. De qualquer modo, quem ainda podia se levantar, correu.

Bira levantou Fernando, e os dois aproveitaram para dar o pinote até o bar do Baiano.

Na confusão, o valente, que era PM nas horas vagas, isto é, quando não estava batendo na mulher ou na amante, perdeu a arma. E, como todos sabem, um PM pode perder até as pregas do cu, mas a arma não.

Ou seja: fodeu-se.

Lascou-se do primeiro ao quinto.

Mas quem pagou o pato, no dia seguinte, foi a esposa dele, que apanhou mais que bife amaciado.

5

Naquele domingo pela manhã, Lucas Orico, que estava escrevendo a biografia de Sandro Paulo, instruído por Rildo, foi visitar o Palácio do Brega a fim de tomar coragem para enfrentar o leão, ou seja, falar com Fernando.

Palácio do Brega era o apelido que Marcone Edson colocou na própria casa, uma mansão que ele comprou com o prêmio que ganhou na Loteria Esportiva em mil novecentos e... é melhor esquecer.

Mas essa não era a história completa; ele usou também algumas economias que guardou ninguém sabe como. Mesmo assim, só pôde adquirir o imóvel porque comprou por uma pechincha, uma vez que o dono, um bicheiro que tinha se inimizado não com o turco, mas com a Turquia inteira, teve que ir embora muito rapidamente de Jozebela, para não ganhar, de graça, sete palmos de terra e uma cruz enfiada no gogó.

Porém, isso não tinha por que ninguém saber.

Marcone Edson, desde criança, tinha paixão por brega, mas a voz não ajudava; por isso ele se tornou colecionador de discos e organizador de fã-clubes, enquanto se virava para, assim como Bocage, comer, beber e foder sem ter dinheiro, até que ganhou na loteria, conheceu os homens certos e nunca mais trabalhou na vida.

Hoje é empresário — ou melhor, vive de múltiplos negócios — e, ao mesmo tempo, é um dos funcionários comissionados mais longevos da história do serviço público de Jozebela, mas é, sobretudo, fã de brega e tinha — aliás, tem — um carinho especial por Fernando Saymon, porque foi no primeiro show que o poeta do brega fez na capital da Borborema que ele conheceu a esposa, Késsia Liliana, o grande amor de sua vida, até porque morreu ainda jovem e fogosa e o deixou com cinco filhos, batizados em homenagem à gente boa do brega: Antônio Vicente Filipe Celestino, o mais velho; e as meninas: Núbia Lafayette, Júlia Graciela, Sula Mazurega e Sílvia Letícia, a mais nova.

E era isso que Marcone contava, o nome dos filhos, ao jornalista, que ouvia deliciado. Porém, depois da confissão, calou-se, esperando pelo comentário.

Lucas disse:

— Só não conheço essa cantora Sílvia Letícia. O nome não me é estranho, mas não conheço não. Sílvia Letícia.

— Não conhece porque não é nome de cantora; é o nome de uma música de José Roberto.

— É mesmo. Lembrei agora.

E Marcone começou a cantarolar o sucesso do cantor baiano.

Mas não conseguiu por muito tempo porque era domingo; e no domingo, no Palácio do Brega, só se ouvia Cauby Peixoto, cuja voz tomava conta de tudo. E não era só isso: quase todo primeiro dia da semana, em homenagem ao professor, amiúde — como diria Zé Ramalho — o prato principal era galinha à cabidela.

Quando desistiu de cantar, chamou:

— Silvinha.

A menina, que estava olhando os guinés, enquanto os dois homens bebiam em torno de uma mesinha de cimento, no enorme quintal que mais parecia um parque, se aproximou meio irritada e disse:

— Eu prefiro que me chamem de Letícia, papai.
— E quem disse que você tem querer. Já conhece Lucas?
— Já sim senhor.
— Silvinha é praticamente a dona da casa. É a pessoa mais ajuizada da família, ela e Vicente. Silvinha, me diga, aquilo que Fernando tava bebendo mais cedo era uísque?
— Não, era chá de boldo. Ele me disse assim: Leticiazinha, Leticiazinha, ontem eu bebi uma cachaça doida. Tô melado até agora. Aí eu fui falar com Dona Zefinha pra preparar o "lambedor".
— E aquele olho inchado?
— Seu Lapa disse que ele brigou com um PM sexta-feira.
— E só levou aquele soco?
— Bira tava com ele.
— Ah. Ele tá bem agora? Lucas pode falar com ele?
— Pode não.
— Por quê?
— Ele tá ouvindo "Que será" desde que voltou pro quarto.
— E como é que você sabe?
— Ele me pediu uns fones de ouvido novos porque quebrou os dele. E me disse: "Eu só consigo escutar isso: música bonita da porra". E eu ouvi "Que será" com ele três vezes e depois fui embora. Ele tá pensando na moça.
— Humm.
A menina virou-se para Lucas e disse:
— O melhor dia pra falar com ele é quarta-feira. Ele chega no bar mais cedo, quase sempre com Rildo, porque é dia de jogo e ele não gosta de futebol, diz que só gosta do Sampaio Corrêa.
— Então eu vou falar com Rildo de novo. Mas você fala com o poeta também, pede pra ele falar comigo?

— Eu?

— É. Rildo disse que ele escuta a irmã, mas gosta mesmo é de você e dos sobrinhos.

— Falo. Mas não vai precisar não. Tenho certeza. É só ser bonzinho com ele.

E a menina afastou-se, alisando o próprio cabelo, enquanto Marcone Edson perguntava se Lucas gostava de galinha à cabidela. O rapaz respondeu:

— Eu, gostar de galinha à cabidela? É a mesma coisa que perguntar se gato gosta de carne.

6

Segunda-feira, Fernando Saymon foi bater ponto no bar de Seu Lapa, que não sabia o que fazer para se livrar do cliente que pagava bem e, ainda por cima, era protegido de Marcone Edson, que empregava a mulher dele, uma irmã da mulher dele e uma nora para fazer os serviços domésticos no Palácio do Brega, mas que dava um trabalho do cão.

Portanto, assim que ele viu chegarem os dois "nojentos" e se dirigirem à mesa onde Fernando bebia sozinho e entediado, resmungou:

— Puta que pariu.

Os dois eram mesmo policiais.

Sentaram-se sem autorização de Fernando, que não demorou a entender o que estava acontecendo.

Chamaram-no de cidadão, o que era um mau sinal, mas até que não foram prepotentes e muito menos truculentos; só queriam saber se o amigo de Fernando tinha pegado a arma ou tinha visto alguém pegar a arma do "rapaz".

Fernando não respondia a nada e eles repetiam a mesma história e as mesmas perguntas cada vez mais irritados, até que o mais estourado deu um tapa de mão aberta na cara do artista e depois falou:

— Quando um homem falar é pra responder.
— Tu é PM?
— Sou. Quer ver a carteira, é?

E riu.

— Sabe o que significa PM?
— Polícia Militar.
— Pra mim é Peia Mole.

E, com uma agilidade inesperada para quem estava com o sangue saturado de álcool, quebrou a garrafa de aguardente na cabeça do nervosinho.

Apanhou ali mesmo.

Depois os "hômi" o arrastaram até um Gol branco.

Seu Lapa, que fingiu que não era com ele, mas ficou atento a tudo, percebeu, pela conversa, pelas gírias que usavam, que os dois não eram PMs, pelo menos um era da civil, ou pior, da federal, e o outro talvez fosse mesmo PM.

Portanto, assim que os três foram embora ele atravessou a praça e tocou a campainha do Palácio do Brega, pois àquela hora sabia que só a menina estava em casa.

— Oi, Seu Lapa?
— Oi, menina.
— Foi Fernando de novo?
— Foi, mas dessa vez é sério. Telefone pra seu pai. Diga que a civil levou ele por conta da confusão de sexta-feira. Já saíram rebocando. Acho que foi a civil. Não tenho certeza mesmo.
— Tá certo, eu vou avisar.

Sílvia Letícia não teve dificuldades em "falar" com o pai.

Enviou uma mensagem pra ele, uma determinada figura que significava que Fernando tava lascado. Assim que visualizou a mensagem, Marcone retornou para tranquilizar a menina e entrou em ação, mas só vieram a descobrir o paradeiro do artista perto das onze da noite, na carceragem da delegacia da Jaqueira Velha.

Ele, na medida do possível, estava bem, só tinha apanhado muito, mas fez jus à fama e não entrou em pé na delegacia.

O delegado fez jogo duro e Marcone foi procurar o Gordo, o jornalista mais respeitado de Jozebela, que postou um texto indignado no blogue que mantém desde que inventaram os blogues; falou também com Piragibe Pinto, o Cu de Encrenca, que abriu o programa que apresentava na Rádio Progresso, às seis da manhã, esculhambando a polícia de Jozebela que, nas palavras dele, acoita espancadores de mulheres e intimida cidadãos de bem que não podem mais nem tomar cachaça em paz.

O resultado quase que imediato foi que antes das sete da manhã o largo da "cadeia da Jaqueira Velha" estava tomado por mulheres de má vida, jovens tresnoitados, motoristas de táxi, vagabundos, bêbados e alguns repórteres, motivo mais que suficiente para que o delegado, mesmo a contragosto, e só depois de receber vários telefonemas, tivesse de soltá-lo.

Ele saiu da delegacia como se tivesse enfrentado Mark Hunt em uma luta de cinco rounds.

Estava amparado por Marcone Edson, que adorava aparecer, e por Vicente.

O advogado, Doutor Meira, abria caminho, porém diante da praça lotada e dos aplausos, Fernando Saymon resolveu falar à imprensa, até que alguém gritou:

— Canta, poeta!

Ele então disse:

— Eu ia falar, mas como sempre, ia falar merda, por isso vou cantar.

Respirou fundo e soltou a voz:

Noite alta, céu risonho
A quietude é quase um sonho
O luar cai sobre a mata
Qual uma chuva de prata
De raríssimo esplendor
Só tu dormes, não escutas
O teu cantor
Revelando à lua airosa
A história dolorosa deste amor...

Foi ovacionado e tornou-se o assunto do dia, mas acabou a terça-feira no hospital, pois o "convívio" com a polícia provocou mais de uma luxação nos membros inferiores do poeta e em uma delas teve que botar gesso.

7

Enquanto se recuperava no Palácio do Brega, Fernando passava os dias ouvindo música; arengando com Rildo ou com a irmã, que telefonava todo dia, ou jogando Free Fire com Leticiazinha.

E como não tinha nada para fazer, porque ninguém lhe dava de beber a água que as espécies canoras não ingurgitam, ele aceitou falar com Lucas sobre Sandro Paulo, o grande rival e amigo dele.

Fernando simpatizou com o rapaz, que era agradável sem fazer força e falava manso, mas como tinha que manter a fama de mau que fizera tanto para granjear, ameaçou, por duas vezes, interromper a entrevista, mas a verdade é que deu um depoimento bonito sobre Sandro Paulo, que morreu em um acidente de carro na BR-101.

O fim da conversa daquela tarde aconteceu assim:

— É, bote aí, seu gordo nojento, bote aí que estrada é que mata cantor de brega. Matou Francisco Alves. Tu não deve nem saber quem é Francisco Alves.

O rapaz sorriu, já tinha publicado mais de um artigo sobre o rei da voz.

— Matou também Evaldo Braga. Dizem que foi Roberto Carlos que mandou matar ele, mas foi não, aquele aleijado não mata nem mosca. Matou Carlos Alexandre. Matou o poeta do Cravo Branco, Maurício Reis, meu padrinho musical, e matou Sandro. Porra, matou Sandro.

Disse isso e ficou calado como se rememorando alguma coisa.

Lucas então observou a menina que fingia que não prestava atenção na conversa, como se perguntasse o que devia fazer, mas como Leticiazinha não era telepata, não pôde ajudá-lo. Ele, porém, encheu-se de coragem e, como já tinha ouvido quase tudo o que queria ouvir, resolveu arriscar cair em desgraça.

— Mas antes de Sandro morrer vocês estavam muito próximos. Carlito me contou que vocês estavam compondo, iam lançar um disco juntos... É verdade isso?

Fernando o olhou furioso, mas depois se acalmou:

— Tu sabe que não era isso.

— Eu só sei o que me dizem — respondeu Lucas com bonomia, adivinhando que ganhava a parada.

— Eu estava apaixonado. Tá ouvindo, Letícia? Não se apaixone. Ou melhor, se apaixone sim, porque se algum filho da puta lhe magoar, eu corto a pimba dele fora e jogo pro gato comer.

A menina, que fingia olhar o celular, levantou a cabeça e falou com aquela vozinha estranhamente rouca.

— Precisa não, Fernando. Eu mesma corto.

Fernando riu, Lucas riu e depois ele e a menina fizeram silêncio, curiosos para ouvir a confissão:

— Bora lá, então. Eu estava apaixonado, ia dá de presente a bandida um disco, doze músicas gravadas pra ela. Já tinha CD, mas eu queria um LP com a foto dela na capa. Falei com Bira. Tá anotando né, gordo safado. Com Bira. Com Carlito e com Sandro. Com Sandro já tinha feito duas: "Meu amor é a coisa mais linda do mundo" e "Rainha da minha vida".

— Não dá pra cantar um pedacinho?

— Dá não, senhor. Aí... Aí Sandro morreu. A bandida foi comigo pro enterro, mas antes do fim do ano me trocou... Sabe por quem, Leticiazinha?

— Por quem, Fernando?

— Por um cantor de axé. Um daqueles arrombados que enquanto a banda "sola" vira de costa pra plateia e faz aquela dança de pescar piroca com o cu. Filho da puta. E agora tá bom. Não tá não, seu gordo safado?

— Tá bom demais, mas eu posso vir amanhã tirar umas dúvidas?

— Pode não. Mas apareça de vez em quando pra falar merda, que eu não me importo, e agradeça a Letícia por eu ter lhe recebido.

— Já agradeci.

— Tá esperando o quê? Um prato de sopa?

Lucas riu e justificou-se:

— Da próxima vez vou trazer meus livros pra dar de presente a vocês.

— Eu não leio qualquer merda não.

— Eu li o blogue dele, Fernando. Ele escreve muito bem.

— Se é assim, então eu leio.

— Agora eu podia tirar uma foto?

— Eu não tô maquiado não, Gordo.

— Então tire uma foto minha e de Letícia. Você tira uma foto comigo, Letícia?

— Tiro sim, mas guarde ela que ainda vai valer muito dinheiro.

Depois da foto, Lucas foi embora satisfeito e pra comemorar foi comer e beber no bar de Seu Lapa.

Assim que chegou, ligou pra convidar alguns amigos, que convenceu rapidamente a participar da comemoração com a frase:

— Eu pago tudo.

Saiu de lá às quatro da manhã.

Por pouco não sai de quatro pé.

8

No dia seguinte ao da entrevista em que falou da bandida, Fernando ficou triste.

Pediu o violão à menina e trancou-se no quarto, onde ficou tocando.

E foi assim por quase uma semana.

Teve um dia que não recebeu nem Rildo e atendeu a irmã apenas por um minuto, pelo telefone; pediu a Betão, um antigo admirador, que não aparecesse e só recebeu o Gordo porque devia muito ao Gordo, por isso a menina teve uma ideia.

Uma tarde, justo na hora em que ele costumava sair para beber, entrou, sem pedir licença, no quarto de Fernando, com um notebook, sentou-se na "cadeira das visitas" e só então falou com o poeta, que fumava, intrigado:

— Fernando, eu quero escrever um livro com você.

— Oxe. Comigo?

— É. Você escreve?

— Eu sou poeta. É de poesia?

— Não. É assim: eu digo o nome de uma música e você faz um comentário sobre ela; eu depois pesquiso o ano em que a música foi lançada, os compositores e corrijo o seu comentário, e aí nós dois assinamos.

Fernando acabou o cigarro, pegou o violão e disse:

— Manda a primeira.

— "Pra não morrer de tristeza".

Fernando tocou o sucesso de João Silva e K-Boclinho, que sabia de cor e salteado, e depois filosofou para a menina.

Muitas horas depois, a conversa resultou no seguinte texto:

I

O cantor e compositor paraibano Bartô Galeno um dia filosofou: "Eu tenho mais medo do amor do que da morte."

Ele não está sozinho: vates, bardos, trovadores, poetas de todas as épocas e de todas as partes do mundo já escreveram que o amor, o amor verdadeiro — o que é já um pleonasmo, pois se não é verdadeiro, não é amor — pode abater, arruinar e destruir qualquer cristão, muçulmano e candomblecista porque desde a Grécia, onde tudo começou, os deuses não consentem que a felicidade, consequência e efeito do amor, se perpetue; ou talvez a natureza humana simplesmente não suporte a plenitude, inerente ao sentimento tão desejado e tão pouco fruído pelos homens, o tão cobiçado amor.

Mas o que fazer quando falta o amor ou com a lembrança dele?

Beber, beber e beber.

Solidão se mata com álcool.

É o que João Silva, compositor e letrista de mais de duas mil canções, se deu conta ao terminar esse "samba de latada", que já teve mais de quarenta gravações.

9

Fernando gostou da brincadeira e no dia seguinte conseguiram escrever dois textos:

--- II ---

Cabelo cortado; barba feita; banho tomado; roupa nova, até a cueca; perfume do bom; creme no cabelo.
Até creme no cabelo!
Um cravo entre os dentes para desodorizar a boca; e a vontade de amar.
Porém, a mulher demora.
A mulher não chega.
A mulher não vem.
E aí o negócio é desarrumar o cabelo.
Se coçar.
Bater o pé.
E beber, beber e beber, pra não chorar.
Para essa situação, a trilha sonora é e só pode ser "Se meu amor não chegar".
E se ela de fato não chegar, por mais que o infeliz tenha prometido começar a terceira guerra mundial, vai é chorar agarrado com qualquer um que se aproxime ou com a mesa mesmo.

III

O efeito madeleine já inspirou realizações artísticas assombrosas, entre elas "Fio de cabelo", portanto, afirmo, sem medo de errar, que, Em busca do tempo perdido *está para a literatura francesa como "Fio de cabelo" está para a música brega.*

Quando escutou o parágrafo que resultou de mais de uma hora de conversa, Fernando perguntou:
— Leticiazinha, que caralho é efeito *madeleine*?
Mas já era tarde, e como Marcone Edson estava em casa, a mocinha teve que ir para a cama. Isso porque na semana seguinte começariam as provas e a menina estudava.

Sim, Sílvia Letícia estava matriculada em uma das escolas mais caras de Jozebela, em que se instruíam alunos que não raro eram aprovados nos concursos de admissão para universidades de renome. O que muita gente não sabia, e ainda não sabe, é que a maior parte deles — dos que passaram — foi bolsista, garimpados em escolas públicas, e que em cada série havia uma turma especial em que estudavam alunos especiais cuja especialidade era o fato de os pais serem bons pagadores: pagavam o ano inteiro adiantado, enquanto os filhos faltavam a muitas aulas.

Os supervisores recomendavam aos professores aprovarem tais alunos para permanecerem no quadro de funcionários da escola e era entre esses alunos especiais que se encontrava a filha de Marcone Edson, porém ela não tinha dificuldades em obter notas altas; fazia as avaliações e, espantosamente, passava sem esforço.

Uma supervisora chegou a pedir a Marcone Edson que permitisse que ela submetesse a menina a um teste de QI, mas como a menina não quis, não fez.

Leticiazinha não gostava de escola.
E não é que tivesse dificuldades de relacionamento. Muito pelo contrário, se dava bem com quase todos e quando provocada sabia responder de modo a deixar o engraçadinho ou engraçadinha calado e vermelho de raiva. Só não gostava de ir à escola e quase não ia.
Naquela noite dormiu tarde. Continuou pesquisando, às escondidas, sobre música brega, e descobriu muita coisa sobre Fernando. Por isso, quando finalmente se deitou, resmungou:
— Coitadinho.

10

A brincadeira dos comentários teve que ser interrompida por alguns dias em razão das provas da menina e das notícias que Rildo trouxe.

Um dia ele chegou, sentou-se na cadeira das visitas, e olhou para Fernando, mas não nos olhos dele.

Fernando gostava de falar olhando nos olhos do interlocutor. Rildo sabia disso e evitou o olhar, por isso o poeta do brega logo adivinhou chuva:
— Que foi?
— Que foi o quê, Fernando?
— Eu não gosto de viadagem pra cima de mim não. Desembucha.
— Eu nem sei como falar.
— Fala com a boca mesmo.
— Como você vai saber mais cedo ou mais tarde...
— Deixa de arrodeio, porra.
— Sabe quem tá fazendo muito sucesso?
— Roberto Carlos.

— Teu irmão.
— Eu não tenho irmão.
— Ah, se é assim...
— Rildo, Rildo...
Rildo riu e depois disse:
— Ele tá fazendo o maior sucesso.
— Cantando música de crente?
— É.
...
— Quer ouvir?
— Quero não.
— O sucesso maior é: "Eu servo do senhor, nova criatura".
— Tá, bota aí pra eu ouvir.
Rildo pegou o celular e mostrou o clipe.
— Tem até clipe?! — admirou-se Fernando, que viu e ouviu e depois falou: — Até que não é ruim. Essa desgraça sempre cantou direito. A gente até pensou em formar uma dupla sertaneja.
— Nervosão e Nervosinho.
— Rildo, por que tu não vai dá meia hora de cu?
— Porque eu já dei. Tô até com o rabo ardido.
— Então passe álcool.
— Quer que eu vá embora? Eu vou.
...
— O bicho tá gordo que tá danado, não tá não?
— Tá é forte.
— Vai dá o cu pra ele, então?
Rildo o olhou apreensivo.
— O que foi?
— Você sabe que o diabo quando não vem manda o secretário. Dessa vez veio ele e o secretário. Ou melhor, secretária.

E riu de nervoso.

Fernando, que estava fumando, praticamente chupou o resto do cigarro e depois perguntou quase gaguejando, engasgando com a fumaça:

— A bandida voltou?

— Voltou.

— Como é que você sabe?

— Eu vi em Sonia Abrão.

— Quem é mesmo Sonia Abrão?

— A fofoqueira. A mulher que tem um programa de fofoca.

— Ah... A cachorra tá famosa assim, é? Eu não sabia.

E o poeta engoliu o choro. Depois perguntou:

— Ela veio filmar as putarias dela por aqui?

— Não, ela encerrou a carreira. Disse que já se divertiu demais. Quer descansar.

— É, já encheu a boceta de rola e o rabo de dinheiro.

— Pois é. Eu bem queria ter feito aqueles filmes.

— Eu não tinha ideia de que ela fosse tão conhecida.

— Ela tava cotada pra participar do BBB, mas não deu certo. Acertaram com outra *pornstar*.

— Ela é mesmo uma estrela da putaria, Rildo? Eu nunca vi os filmes dela.

— De primeira grandeza não, mas ela chegou a atuar até com Lisa Ann. Ganhou um bom dinheiro. Agora diz que não quer mais.

— Essa Lisa Ânus é uma estrela?

— É. Eu dava metade da minha vida pra ter uma boceta igual a dela. Lisa Ann se aposentou também.

— Ela vai morar onde?

— Lisa Ann? Não sei não.

— A bandida, Rildo. Em nome de Jesus.

— Disse que ainda não sabe. Mas antes vai passar uns tempos com a irmã, em Fortaleza.
— Fabiuska.
— O quê?
— A irmã dela se chama Fabiuska. Eu gosto de Fabiuska.
— Ela também foi dançarina?
— Foi. Muita gente ia no show da Bunda Rica só pra ver as dançarinas, já que aqueles nojentos nunca tocaram nada que preste. Foi ela que me apresentou a bandida.
Então Fernando pareceu se lembrar do dia do encontro e fez uma cara de tanto desamparo que Rildo comentou:
— Tadinho do meu poeta.
— Rildo, pega o beco senão eu te quebro a cara.
Rildo sabia que ele não estava brincando e foi embora.
Naquele dia Fernando trancou-se no quarto e parece que chorou muito.
Pelo menos foi o que a casa inteira achou, porque todo mundo foi tentar escutar na porta do quarto, menos Leticiazinha, que já imaginava o que tinha acontecido.

11

Fernando acreditava em sinais e tinha sobejas razões para acreditar.
Por exemplo, ele ia viajar com Sandro, mas na véspera teve um sonho ruim. Então resolveu não ir e tentou convencer o amigo a esperar pelo menos um dia para pegar a estrada.
E não foi só daquela vez que compreendeu "os sinais".
Por isso, antes mesmo de abrir os olhos já estava decidido, isso porque sonhou que era menino em uma grande cidade e pedia um trocado aqui e ali; e mendigava um

pedaço de pão e ninguém dava, até que subiu em um banco de praça e entoou "Sabiá lá na gaiola", a música que cantava pra Inês. Aí todo mundo parou para ouvir e uma mulher gorda o fez descer do banco e o pegou pela mão e levou até uma lanchonete onde ele se fartou.

Acordou quase engasgado com pastel, ou melhor, com o mingau das almas.

Dormiu de novo e quando acordou de vez estava decidido a retomar a carreira; e se ainda não estivesse convencido, o que ouviria naquela manhã o faria se convencer.

Ele não se lembrava, mas era 28 de maio e no dia 28 de maio, no Palácio do Brega, ninguém falava porque foi o dia em que Orlando Silva gravou "Rosa", de Pixinguinha e Otávio de Souza, e "Carinhoso", de Pixinguinha e João de Barro; e como não podiam falar, ouviam, das sete da manhã às sete da noite, apenas as duas canções. Por isso, em respeito ao dono da casa, Fernando não falou, apenas bebeu e comeu com Marcone Edson, que pouco depois do meio-dia foi até o quarto dele com uma garrafa de Johnnie, enquanto Dona Zefinha trazia o de comer. Porém, no dia seguinte, quando Leticiazinha veio "brincar" de escrever, ele disse à menina:

— Letícia, eu tenho uma coisa pra lhe contar.
— Uma coisa importante, Fernando?
— Pra mim é importante.
— E o que é?
— Eu vou voltar a cantar.

A menina gritou de alegria e depois disse:
— Que bom.
— E tem mais?
— Tem mais o quê?
— Quer trabalhar pra mim?
— Trabalhar como?

— Como minha assessora de imprensa.
— Ah, eu quero sim. Eu começo quando?
— Agora.
— Então tá certo.
— O que você quer fazer?
— Avisar que Fernando Saymon, o poeta do brega, vai voltar a cantar à vera.

Ela se retirou e meia hora depois o telefone dele começou a tocar. Ivone, os sobrinhos, o Gordo, Gideone, Piragibe Pinto, Bira, Carlos Alberto. Até Nilton César ligou.

Fernando ainda estava boquiaberto quando a menina voltou e disse:

— Fui aprovada?
— Claro.

Então Leticiazinha fez o relatório do que andou fazendo em prol do retorno dele aos palcos.

Não demorou e chegaram Marcone Edson, Vicente e Sula. As outras duas filhas de Marcone faziam faculdade em João Pessoa.

Vicente e Sula traziam taças e o dono da casa um champanhe, uma garrafa de mais de um litro de champanhe.

Dessa vez até Letícia bebeu.

Depois Marcone falou:

— Fernando, você não está precisando de um empresário? Gideone já deu o que tinha que dá...

— Eu ainda tenho contrato com ele. Ivone é que sabe. Eu sempre participei do Jozebrega, que foi ideia dele. O Jozebrega é importante demais pra mim.

— E um assessor de imprensa bem relacionado, com as portas abertas em todas as empresas de comunicação de Jozebela?

— Eu já tenho também.
— Tem?

— Tenho.
— E quem é? Rildo?
— Sou eu, papai — disse Letícia.
Marcone olhou para Fernando sem entender, e o poeta justificou-se:
— É isso mesmo. Ela já tá negociando com Carlos Alberto. Vou dá uma entrevista sábado, se eu tirar mesmo o gesso amanhã.
— Como é que você conseguiu falar com...
— Eu sei escrever, papai.
— Fernando, essa menina só tem treze anos.
— Tem alguma bronca? Eu achei que você deixaria.
— Não tem problema, mas é que...
— Vamo fazer assim: quando precisar de olho no olho, você vai; quando não, Leticiazinha resolve. Certo, Letícia?
— Certo.
— E você pode marcar o primeiro show por aqui. Gideone que se lasque.
Marcone Edson abriu um sorriso e disse:
— É pra ontem, meu poeta.
Em seguida, para completar a festa, Rildo chegou travestido de Dalva de Oliveira e quase gritou:
— É verdade. Tô vendo que é verdade.
E começou a pular de mãos dadas com Leticiazinha. Depois beijou Fernando à força e disse:
— Agora eu tenho que ir. Meu público me espera.
Então foi embora, deixando um cheiro doce no ar.

12

Não choveram pedidos de entrevistas, é verdade.

Mas mesmo que tivessem chovido, Fernando não deixaria de falar primeiro com Bebeto, que apresentava o mais antigo programa de brega da Rádio Jozebelense: "Conversa de corno".

Porém a entrevista não foi boa, os dois estavam emocionados demais e a voz de Fernando parecia diferente, ainda mais rouca, mais grave.

Portanto, de uma hora e meia de conversa o que ficou na memória dos ouvintes foi uma pergunta, uma resposta e um convite.

A pergunta e a resposta:

— Fernando, por que você resolveu voltar a cantar?

— Pra não morrer de tristeza e beber menos, porque enquanto eu estiver cantando eu não bebo.

E o convite:

— Aguardo todos vocês no dia 1º de julho. Não se esqueçam, 1º de julho, no bar Colecionador de Chifres. Vai ser pra arrebentar a boca do balão.

13

Dizer que Fernando Saymon pensou em desistir seria mentira, mas foi difícil preparar o show, primeiro porque da antiga banda ele só conseguiu trazer de volta Mestre dos Magos, o baterista; por isso, teve que pedir socorro a Lucas para encontrar um guitarrista e um baixista, depois de mandar embora alguns candidatos indicados por Marcone.

Escolher o repertório foi fácil.

A indumentária, nem um pouco.

Mas a verdade é que, enquanto ensaiava, Fernando Saymon a cada dia ficava mais nervoso e mais irascível.

No dia anterior à estreia, bebeu muito e teve uma caganeira.

Mas no sábado, dia do espetáculo, não bebeu e esteve sereno, quase feliz.

Encontrou o bar lotado e assim que pisou no palco quase improvisado sentiu o carinho da plateia.

Sentiu-se em casa e cantou como nunca.

O show recebeu a seguinte resenha de Jean-Pierre di Parisi, o último crítico que ainda escrevia para os jornais de Jozebela.

Di Parisi era inimigo do poeta.

Estou nesse ofício há tempo demais. Mesmo assim, faço o que tenho que fazer.

No último sábado me vesti com o apuro que Jozebela conhece; e, como não guio, tomei um táxi até o local do show, o bar Colecionador de Chifres — só em Jozebela isso soa engraçado — no bairro das Malvinas.

Nas Malvinas...

Mas devo reconhecer que o lugar é muito agradável, a comida e o serviço satisfatórios.

A decoração, kitsch.

A fauna humana é que não era lá muito eugênica. Mesmo assim, havia gente de todas as idades, desde mocinhas bem tratadas e quase despidas até idosos, sobreviventes de formas severas de carcinomas hepáticos ou pulmonares, ao lado de marafonas envelhecidas e casais de meia-idade estreando roupa, além de esfarrapados estudantes universitários.

Todos aguardando ansiosos a chegada do poeta do brega, o que é uma sandice, pois poesia, poesia de verdade — e não prosa mal metrificada —, e brega não combinam.

Até que, com um atraso de apenas quinze minutos — já esperei quatro horas para assistir a um show — entra no palquinho mal iluminado o famoso cachacista — cachaceiro e machista — animador de plateias ignaras e cantor de melodramas prostibulares, Fernando Saymon, que há muitos anos reside nesta capital.

Antes mesmo que cantasse, foi aplaudido de pé.

Agradeceu emocionado e cantou, cantou ainda pior do que costumava cantar, ainda mais desafinado.

A voz mais grave, envelhecida em razão do tempo, da ação da aguardente de cana Parreco — dizem que a preferida do "poeta" — e da erva santa da Souza Cruz.

Cantou com desespero.

Ninguém pode dizer que faltou sinceridade, e toda arte precisa de sinceridade.

Faltou voz em alguns momentos.

Sinceridade, não.

O repertório foi bem escolhido.

Clássicos da música romântica, como a modinha "Tão longe, de mim distante", a valsa "Noite cheia de estrelas" — música de que o "poeta" tanto gosta —, o bolero "Que será", o samba "Pra não morrer de tristeza", além de sucessos da longa carreira do artista, como "A flor das sete pétalas", "Roberto Carlos não entende de amor", "Cabareteira", "Meu coração é um bar vazio", "O amor é uma cachaça doida", "Até ontem, eu te amei", "Te amo, te amo, te amo" e muitas outras platitudes cantadas com solenidade.

A plateia se emocionou.

Os casais se aproximaram e quem não tinha parceiro procurou alguém ou pediu uma dose de cachaça — o bar não vende uísque —, o que foi o meu caso.

Fernando Saymon, entre uma música e outra, contou algumas histórias engraçadas do início da carreira e também fez confidências sobre as desilusões amorosas de que foi vítima.

Por fim, no último bis, surpreendeu a todos cantando:

Se essa rua, se essa rua fosse minha
Eu mandava, eu mandava, ladrilhar
Com pedrinhas, com pedrinhas de brilhantes
Para o meu, para o meu amor passar.

Nessa rua, nessa rua tem um bosque
Que se chama, que se chama, solidão
Dentro dele, dentro dele mora um anjo
Que roubou, que roubou meu coração.

A plateia completou:

Se eu roubei, se eu roubei teu coração
Foi porque, foi porque roubaste o meu
Se eu roubei, se eu roubei teu coração
É porque, é porque te quero bem.

Terminado o show, eu até pensei em escrever que Fernando Saymon não é um grande cantor, deveria ter a garganta proibida pelas autoridades competentes, mas talvez seja de fato um grande artista.

Ainda bem que desisti.

Estou ficando velho e sentimental.

A resposta que o poeta do brega mandou, por meio da assessoria de imprensa, e que foi publicada pelo *Diário da Borborema* e copiada em outros periódicos foi:

*Pra quem não sabe o que é bom, merda é brigadeiro.
Mas nunca é tarde pra aprender.
Fernando Saymon.*

O crítico respondeu, também via assessoria de imprensa:

Eu concordo. Quando escrevi aquela bela e indulgente página, estava bêbado.

E o artista replicou:

Vá tomar no cu, fresco velho.

Mas os jornais não publicaram.

14

Em razão do sucesso do show, o poeta do brega recebeu muitos convites para entrevistas e pocket shows, porém aceitou apenas se apresentar no programa mais popular da televisão de Jozebela, *Cid Show*, que vai ao ar às três da tarde de sábado. O programa é sucesso há cinco anos e parece ter saído dos anos 1980.

É um programa de auditório, com direito a concurso de calouros; números musicais; matérias assistencialistas; dançarinas seminuas, as "cidetes"; um anão; um samurai; um homem chamado Jumentus, que aparece com um capuz de cabeça de cavalo e só faz rinchar; um quase desdentado, apelidado de Dupla Sertaneja, porque só tem dois dentes — Bebeto e Romário —, um pra doer e outro pra abrir garrafa de cana; e uma assistente de palco curvilínea, Soliandra Alves, que tem uma bunda capaz de ensombrar um prédio de dez andares.

Quanto ao apresentador, é um mugangueiro de cabelos brancos, embora ainda jovem.

Apresenta o programa de terno, mas a imensa pança o faz cômico. Gosta ainda de fazer caretas, de mostrar a língua enorme e os olhos esbugalhados.

O programa é ao vivo.

E quando Marcone Edson sentiu o clima, pensou:

— Isso vai dá merda, ainda bem que Sílvia Letícia não quis vir.

Fernando Saymon devia ser chamado ao palco às 16 horas, para cantar "Roberto Carlos não entende de amor" e "Noite cheia de estrelas".

Não entrou às 16 horas, mas lembrava bem como um programa ao vivo funciona e não se aborreceu.

Até que às 16:45 foi chamado da seguinte forma:

"Ele, que tem mais chifre na cabeça do que espinho numa coroa-de-frade de tabuleiro; ele, que já levou mais ponta do que pano de toureiro, do que muro de matadouro. O cobra..., de farmácia, Fernando... Fernando... Fernando... Saymoooooon."

A sonoplastia auxiliou o apresentador com um mugido, justo na hora em que o poeta do brega entrou apressado e seguiu direto, já de mão fechada, para o presepeiro, que nocauteou com um soco.

Cid Show caiu e Fernando Saymon se abaixou e desceu o braço.

O diretor entendeu o que estava acontecendo e focou na bunda da assistente de palco, antes de cortar para os comerciais.

A plateia ria a não mais poder, até que o samurai percebeu que não era combinado e afastou Fernando Saymon, que depois foi arrastado para fora do palco por Marcone Edson.

O poeta precisou ser contido por muito tempo para não bater em mais ninguém.

Por fim, depois de minutos demais, com o rosto lavado e mais inchado a cada *take*, além de uma toalha cobrindo o peito para que ninguém enxergasse os salpicos de sangue, Cid, a princípio sério, continuou o programa do seguinte modo:

— Jozebela inteira viu a injusta agressão que eu sofri, desse, desse poeteiro. Não sabia nunca que poeta tinha a mão tão pesada — e fez uma careta. — Mas por que eu não estou irritado? Porque eu bebo Ma-ra-cu-gi-na.

Fez o merchandising e depois prosseguiu:

— Antes de continuar, eu só quero dizer uma coisa, Seu Fernando Saymon. Hoje você me pegou desprevenido, mas eu lhe desafio agora para uma luta. Cinco rounds. MMA.

A plateia explodiu.

— Vou quebrar essa sua cara de cachaceiro e depois cantar "Ralo o pinto".

Nos programas seguintes, Cid Show inaugurou um novo quadro "Ele não perde por esperar", em que mostrava os supostos preparativos para a luta com o poeta do brega.

Dizia que para vencer o Leão de Chifres treinava com os mestres de Kung Fu Shaolin: Tokuku Namão, Kagaro Nopau e Tomaru Noku.

Mostrava também Fernando Saymon treinando.

Era sempre o mesmo vídeo, um touro dando chifradas em um pé de bananeira.

15

A produção do Cid Show entrou diversas vezes em contato com a assessora de imprensa de Fernando Saymon, que ninguém conhecia; e ela, polidamente, recusou não um, mas vários convites para um reencontro, pois o poeta do brega se sentiu ultrajado pela situação a que foi exposto e achou melhor se recolher por algum tempo.

Na realidade se escondeu de novo; deixou até de frequentar o Colecionador de Chifres, a ponto de os fãs se perguntarem se ele havia desistido de retomar a carreira.

Mas não era o caso; ele só estava deixando a raiva sair na urina. O que só aconteceu quando, depois de falar com o pai, Lapinha, filho de Lapa de Corno, foi convidar Fernando para se apresentar no bar toda terça-feira, estratégia para atrair apenas os amantes genuínos do brega.

Fernando aceitou. Marcone Edson acertou as contas e Leticiazinha divulgou o show com uma competência que deixou o pai boquiaberto.

Assim sendo, no dia marcado, lá estava Fernando, fazendo o que mais gostava: cantando.

Na terceira apresentação se empolgou e disse que estava escrevendo um livro em parceria com a amiga e assessora de imprensa Letícia Gomide, por isso retomou a brincadeira com a menina, mas não conseguiram avançar muito porque Fernando decidiu, assim que aceitou o convite de Lapinha, homenagear um cantor ou compositor brega por noite, ou seja, tinha que ensaiar; já Letícia teve que responder a um sem-número de pedidos de shows e de informações, que se avolumavam à medida que o vídeo do poeta descendo o braço em Cid Show viralizava.

No entanto, o lema dos dois era devagar e sempre; razão pela qual, passadas algumas semanas, conseguiram finalizar os seguintes textos:

IV

O brega não é o brega, são os bregas; portanto, há subgêneros.

Assim como no romance policial, há, por exemplo, as histórias de "crime de quarto fechado", no brega há o subgênero do diálogo com o próprio coração ou DR cardíaca.

Nesse subgênero "Aprenda, coração", popularmente conhecida como "Bate coração, pode quebrar minha costela", é joia, é chuchu beleza.

V

Uma menina olhou para você em mil novecentos e Baré-Cola...

Ou seja: está apaixonada.

Uma moça feita trocou duas palavras com você em mil novecentos e tô sozinho. Resultado...

Uma mulher foi gentil com você em dois mil e quase nada. Portanto... quer dar.

Mas não deu.

Anos depois você a encontra e sabe que vai reencontrá-la tal dia.

Prepara-se todo e descobre o que já sabia, não negue. Tu não passa de um otário convencido.

Trilha sonora: "Ela nem olhou pra mim".

P.S.: Este texto fez Fernando enrubescer, Leticiazinha não.

VI

Bom gosto ou mau gosto é debate que não quero travar, mas afirmo que quem é capaz de apreciar a "Sinfonia n. 5" de Mahler e um bolero de Waldick Soriano é mais inteligente e mais culto do que as pobres almas que só apreciam a música de Mahler ou os pobres diabos que só apreciam a música de Waldick Soriano.

Ou, indo direto ao ponto, não gosto de quem emprenha pelos ouvidos, de quem se deixa levar pela opinião alheia de que Waldick Soriano é um cavalo batizado e por isso nem toma conhecimento de um bolero como "Tortura de amor", filho legítimo da paixão, do excesso e do álcool.

Ao ouvir a leitura deste último texto, a previsível pergunta de Fernando foi:

— Leticiazinha, quem moléstia é Mahler?

16

Lapinha, que foi o responsável por transformar o Colecionador de Chifres de um bar de cachaceiros em um bar que poderia ser frequentado por qualquer um, inclusive cachaceiros, não comia carne de sol à toa. Por isso, o contrato que firmou com Fernando foi para uma temporada de quatro meses de shows, embora quisesse o dobro; Fernando é que não quis.

E não teve do que se arrepender. Até Lapa de Corno, que nunca acreditava inteiramente nas invencionices do filho, sorria vendo o dinheiro entrar e tendo que, de vez em quando, falar a belas repórteres e repórteres bem humorados; já Fernando, que não era lá muito exigente consigo mesmo e com os músicos que o acompanhavam, sentiu a necessidade de ensaiar cada vez mais, sobretudo porque, a cada semana, desde a primeira, decidiu cantar pelo menos três novas canções para homenagear um grande nome do brega. Os escolhidos foram os compositores Cândido das Neves (Índio), Lupicínio Rodrigues, Adelino Moreira e a dupla Evaldo Gouveia e Jair Amorim, além dos cantores Anísio Silva, Orlando Dias, Waldick Soriano e Oswaldo Bezerra.

Isso nos dois primeiros meses do contrato; depois, a pedidos, ele estava refazendo o mesmo percurso, de Índio a Oswaldo Bezerra, o rei do brega, de quem ele guardava boas lembranças.

Porém, apesar do sucesso, o poeta não estava feliz e não é que o incomodasse o sucesso ainda maior e crescente do irmão, que apareceu até na Globo e não como a nova estrela do gospel, mas como uma nova estrela. Incomodava-o mesmo era o silêncio da bandida, que parecia ter sido engolida pelas areias da Praia do Futuro.

Ele até que tentava, utilizando os rudimentares conhecimentos internéticos que possuía, saber dela, mas não encontrava muita coisa sobre a ex e não queria pedir a Rildo que o auxiliasse; por outro lado, como a bandida era atriz pornô, não queria também pedir a Leticiazinha; e como não desejava que Marcone e Vicente soubessem do interesse, não sabia o que fazer, até que se lembrou de Lucas, o Gordo, que, por meio da menina, havia pedido mais uma entrevista enquanto ele esteve de calundu.

Resolveu aceitar e depois que falou por uma hora e meia, outra vez sobre Sandro Paulo; convidou-o para beber no bar do Baiano porque no Colecionador de Chifres sempre vinha alguém conversar, pedir, não mais um autógrafo, mas uma foto; portanto, foi no Baiano que ele, se não abriu o coração ao rapaz, pelo menos se fez entender:

Lucas se dispôs a ajudar e alguns dias depois foi procurar Fernando com novidades:

— Então?

— Descobri que ela está montando um trio com as irmãs.

— Veruska e Fabiuska?

— Essas mesmas.

— Um trio pra cantar como Gretchen. Aposto.

— É. Vai se chamar, por enquanto, Kibombombom ou Quibom.

— Devia se chamar "Que rabo".

O rapaz riu e disse:

— Elas vão fazer releituras das músicas das rainhas do rebolado, cantar funk e umas músicas *power pussy fake*.

— Que porra é "pauer pussi"?

— Literalmente é "poder da boceta".

— Varei. Mas boceta tem poder mesmo. Ô, se tem.

— A mensagem é mais ou menos assim: se você tem boceta, pode dominar o mundo.

— Pode mesmo. O mundo, Jozebela e uma banda da Lua. Mas como é que tu ficou sabendo de tudo isso? Foi só pela internet?

— Foi não, eu estudei em Fortaleza. Fiz uns amigos por lá, alguns são jornalistas também; foi assim que fiquei sabendo.

— Acho que "Balança Cu" também ia ser um bom nome pro trio. Trio Balança Cu. Era o nome de um cabaré de Campina Grande, me disse uma vez João Gonçalves. Conhece?

— Conheço os discos.

— Ele faz música sobre qualquer coisa. É um febrento, como dizem lá na Paraíba. Agora vamo beber.

Lucas não queria, mas não teve outro jeito.

17

Naquela noite, depois do show, lembrou-se de Camilo e como não conseguia dormir logo depois de se apresentar... Como também caiu um pé d'água em Jozebela e ele voltou para o Palácio do Brega sem ter bebido e como não tinha nada o que fazer, foi procurar na internet a folha corrida do amigo velho e não encontrou quase nada.

Encontrou mais sobre ele mesmo, o irmão e a bandida do que sobre Camilo; e foi dormir dizendo:

— Tu é burro mesmo, Fernando.

No dia seguinte pediu à menina que procurasse informações na internet sobre o amigo. Ela procurou e achou, além do que ele já tinha descoberto, uma dissertação de mestrado, defendida na UFMA sobre um dos livros dele, *Sargaço*, mais nada, de modo que, decepcionado, ele disse:

— Só isso, Leticiazinha?

— Só. Na internet não tem tudo não. Ele foi seu amigo?

— Foi meu único professor. Eu só tenho até a quarta série. Mas aí faço injustiça a Dona Efigênia, que me ensinou a ler, escrever, somar, subtrair, multiplicar e dividir; e cantar também, o hino nacional, o hino da independência, o hino da bandeira... Mais nada, mas já foi muito. Foi ela quem me desasnou.

— Desasnou?

— É, foi com ela que eu aprendi alguma coisa, deixei de ser analfabeto. Eu aprendi a ler com nove anos. Com nove anos você já falava francês, não falava não?

— Falava um pouco. Como é que ele foi teu professor?

— Depois que eu saí do mato, das grotas onde nasci... É um lugar bonito. Suassuapara. Lá teve a Guerra dos Bem-te-vis, já ouviu falar?

— Eu estudei na escola. É a Balaiada, não é?

— É. A gente tinha medo da alma dos caboclos que morreram na guerra. Mas isso é outra coisa, você me perguntou foi sobre Camilo. Quando eu saí de casa... Eu fugi.

— Fernando, você não teve pena do seu pai?

— Ele já tinha morrido. Ele e mãe, numa enchente braba, em Trizidela, onde hoje é Trizidela do Vale. Quando ele morreu, os parentes cuidaram cada um de um filho, quer dizer, cada um de dois. Mas a gente se via, os irmãos. Um dia eu te conto por que foi que eu fugi. Aí eu virei vagabundo em São Luís. Com quinze anos foi que Camilo me levou pra morar na casa dele. Ele já era velho. Morava ele, a mulher, Dona Ana, que só vivia com dor de cabeça, mas era muito boa pessoa, e Otília, que fazia a comida e cuidava dos dois. Ele era um homem importante. Estava traduzindo a *Eneida*, direto do grego. Do grego não, do latim. É um poema importante, não é Leticiazinha, a *Eneida*?

— Um dos mais importantes do mundo.

— Ele escrevia em jornal também, publicou mais livro do que diz o Gluglu. Me ensinou a falar direito e me fez ler muita poesia: Gonçalves Dias, que é maranhense, Casimiro de Abreu, Castro Alves, essas coisas; e me fazia ouvir todo tipo de música. Foi com ele que eu aprendi quem era Vicente Celestino, Dalva de Oliveira, Orlando Silva; ele era fã de Orlando Silva, Cauby Peixoto... Ouvia até Roberto Carlos, que lá em Suassuapara ninguém sabia quem era porque lá nem rádio pegava ou ninguém tinha rádio. Era como se fosse outro mundo.

— Aí só depois você foi pra São Paulo?

— Eu fui pro Rio, ele que incentivou. Disse: "vá, o mínimo que você consegue é uma história pra contar. Mas aposto que você volta com um disco debaixo do braço". Passei uma fome desgraçada no Rio; esse negócio que carioca é gente boa, é nada. Aqueles miseráveis dão o cu, mas não dão um prato de comida. Aí eu fui pra São Paulo. Acabei tocando triângulo em um forró e fui conhecendo o povo. Depois de três anos gravei um compacto. Fez sucesso, mas eu só queria voltar pra ver Camilo e a família com um disco *disco*, um LP com minha cara estampada na capa... Gravei. A família eu revi. Mas quando voltei Camilo já tinha morrido. No disco seguinte gravei uma música pra ele: "Meu amigo, o preferido das musas". O título não ficou bom. Não queriam deixar eu gravar. Mas eu fazia sucesso na época e acabei gravando. E de um homem desse só ficou isso? Até sobre mim tem mais coisa, muito mais.

— Eu vou reescrever o artigo que tem sobre ele na Wikipédia.

— Você sabe?

— É fácil. Vou ler a dissertação que defenderam sobre ele. É só o tempo de ler.

— Então faça, escreva, você mesma viu. Lá só aparece a data do nascimento, da morte e diz que ele foi professor e escritor e cita uns cinco livros dele. Ele publicou muito mais. Não sei se ele publicou a tradução da *Eneida*. Eu ia ler só em homenagem a ele. Leticiazinha?

— O que foi?

— Tô ficando véi. Diz a teu pai que eu vou encher a cara de cana.

— Rildo disse que vem aqui porque vai viajar amanhã.

— Manda ele ir lá no Baiano.

Fernando virou o rosto e foi até o banheiro pra menina não ver que ele estava chorando.

Passou a noite bebendo e chorando.

Mas Rildo fez companhia.

18

Naquela tarde, ainda muito cedo, Rildo foi procurar o poeta no novo *point*, o bar do Baiano.

Fernando logo notou, pelo jeito do amigo, que ele estava escondendo algo; e, como não estava pra brincadeira, foi logo dizendo:

— Fala, viado safado. Tá fazendo mistério por quê?

— Afe, que home grosso.

— O que foi que tu viu em Sonia do Tabacão?

— É Sonia Abrão. Abrão. Abrão. Tenha respeito por Sonia — irritou-se Rildo.

— O que foi que tu viu lá?

— Dessa vez não foi assistindo o programa dela que eu fiquei sabendo não.

— O que foi, porra, o que foi?

— Teu irmão.

— Eu não... O que que tem Ivanildo?

— Eu sempre esqueço que o nome dele é Ivanildo.

— Rildo.

— Teu irmão levou chifre da mulher.

— O que é que tem? Um homem sem chifres é um animal desarmado. Eu tenho até pena de um homem assim.

— Sei. É bom ser chifrado então, né?

— É a cangaia gospel. Coisa muito natural. Eu não me importo com essas coisas.

— Fernando, eu sei da tua briga com ele. Tu já me contou.

— Ricardina chifrou ele com quem mesmo?
— Com outro pastor, R. R. Macedo.
— Como foi? Tu vai contar ou não?
— Foi do mesmo jeito. É do mesmo jeito desde que o mundo é mundo. Pau na boceta e boceta no pau.
— Rildo, Rildo, Rildo.
— A polícia foi prender um casal de traficantes em um motel. O casal reagiu, começou uma confusão e todo mundo acabou tendo que prestar esclarecimentos. A imprensa chegou.
— E aí fodeu?
— Não, eles já tinham fodido. Alô, era um motel.
— Foi todo mundo levado pra delegacia?
— Foi, mas tinha pouca gente no motel, por isso a imprensa logo descobriu o pastor e a acompanhante, que alguém identificou como a mulher do cantor da moda.
— E aí?
— O pastor disse que na verdade estava evangelizando os fornicadores, mas ninguém acreditou.
— Fale por você, eu acredito...
E os dois riram, depois Fernando continuou a conversa:
— Marrapaz, então Ricardina é mesmo uma catraia. Pelo menos Katiuscia tem o rabo maior.
— Mas isso foi só o começo. Ela, logo depois que os repórteres quase riram na cara do pastor, confessou tudo e pediu perdão ao marido, ainda na delegacia, diante das câmeras, com ar de mulher direita.
— E ele? E ele, Rildo? E ele?
— Ele, quando soube, se recolheu e depois, aos prantos...
— Aquilo sempre foi um presepeiro. Eles faziam uma boa pareia.
— Disse que ia repudiá-la.

— Ela respondeu?

— Respondeu sim, foi a última notícia que eu soube do casal. Ela disse que Carlos das Aleluias não a procurava e procurava todas as outras que o rodeavam, que é viciado em pornografia, que sempre que a procurava tentava obrigá-la a fazer coisas que ela não queria. Coisas imorais, contra a natureza.

— Mas repara mesmo?

— E que tinha inveja do irmão, o cantor de brega Fernando Saymon.

— A coisa foi séria mesmo.

— Eu queria te contar a primeira parte naquela noite da chuva; que a resposta do teu irmão ele não deu no mesmo dia não; a novela já dura uma semana inteira, mas não teve jeito, meu poeta só fazia chorar. Depois tive que dar uma assistência a mainha. Você tá melhorzinho, tá?

— Tô, Rildo. Tô — respondeu o poeta, que depois gritou pra Baiano:

— Bota cachaça, porra!

Saiu de lá de quatro pé.

19

Fernando Saymon não estranhava nenhum tipo de gente; afinal de contas, conviveu por muitos anos, por exemplo, com Chico Virou Bode, guitarrista que tocou com ele por anos e anos, mesmo depois de aceitar Jesus, com a justificativa de que precisava convertê-lo, ou pelo menos exorcizar o demônio que vivia dentro do violão do poeta.

Não conseguiu.

Conviveu com Lafayette, que, durante tempo demais para um mortal, cheirou cocaína, tanta cocaína que o poeta se perguntava como aquele infeliz não morria e arranjava tanto show e trabalhava pra tanta gente.

Sempre que perguntava sobre o milagre, Lafayette respondia:

— É que eu não durmo, Fernando. Faz uns dez anos que não durmo e quase não como. Vivo de cheirar e foder e ainda não morri.

E dizia isso com aqueles olhões aboticados.

E por aí vai, a multidão de doidos com quem o poeta conviveu era grande; mesmo assim, sempre que encontrava Betão, que se intitulava o fã número 1 do brega, pensava: esse bicho é doido ou tem uma irmã que come bosta.

Betão beirava os cinquenta anos e vestia-se de maneira extravagante. Quando se conheceram, imitava a maneira de vestir de Carlos Alexandre, e só mudou de indumentária quando, muitos anos depois, saiu do cinema após assistir ao filme *O Máskara* e foi comprar um terno amarelo.

Não achou.

Teve que encomendar.

E desde então se veste como o personagem, mas não abriu mão de usar muitos colares e pulseiras e agora exibe um reluzente dentão de ouro. E fala como se estivesse xilado e gesticula muito quando fala.

Hang looses, coramãos, OKs e outras desgraças são para ele o suprassumo da jovialidade.

Naquele dia, Betão foi procurar Fernando no Palácio do Brega, para conversar.

Conversaram a tarde inteira em um dos banquinhos construídos embaixo de uma mangueira, no quintal da mansão de Marcone Edson.

E, de tudo, Fernando só entendeu:

— Fala, meu poeta.

E como de vez em quando ele gritava, urrava, sorria, batia na boca imitando índio de faroeste, Leticiazinha foi ouvir. Ficou escutando.

Nunca tinha visto Fernando tão calado.

Quando finalmente a visita se despediu e Fernando e a menina foram levá-lo até o carro, um Opala preto, ele soube que ela se chamava Sílvia Letícia, por isso cantou, inteirinha, a canção de José Roberto pra ela, depois urrou como um índio de novo e disse:

— Vou pegar o beco. Hu. Hu.

Mas depois de quase deixá-los, voltou e tirou uma *selfie* com os dois.

Quando finalmente foi embora, a menina ia perguntar alguma coisa, mas Fernando se antecipou:

— Sei dizer não, Leticiazinha. Desde que eu conheci já era assim; só não tinha esse dentão de ouro.

— Vai ver ele veio mostrar.

— Ele podia abrir uma lata de atum com esse dentão.

E os dois tiveram uma crise de riso por conta dessa besteira.

20

Lapinha convenceu o pai a fazer uma homenagem a Fernando, instituir uma mesa cativa com o nome dele; assim, os fãs ou simples curiosos que o procurassem não sairiam duvidando que o poeta do brega bebesse ali, porque desde que retomou a carreira, Fernando buscava outros bares, para não ser indelicado "sem vê de quê com ninguém", pois não gostava que puxassem conversa com ele a toda hora, principalmente quando ele ia encher a cara.

E teve mais: como não poderia deixar de ser, no dia da homenagem, Lapinha contratou um fotógrafo profissional para registrar o momento, que, é óbvio, seria futuramente emoldurado na parede.

Lapa aceitou, agora aceitava quase tudo, menos servir comida gourmet e vender cerveja sem álcool.

Afinal de contas, o filho fez o bar dele entrar até no *Saco sem fundo*, ou seja, no guia/roteiro da gastronomia popular de Jozebela, junto com o Siri Buçanha, o Pau do Africano, o Boceta de Velha e até o Cu do Padre, bares bem mais antigos, que serviam os pratos tradicionais da cidade, como o Engasga Gato, o Criaturas na Areia, o Boca Quente e o Consolo de Virgem.

E não ficou só nisso não, pois para fechar com chave de ouro e arrombar a boca do balão — gíria mais recente que Seu Lapa conhecia — o filho trouxe ao bar dele o prefeito.

O alcaide foi convidado e conduzido por Marcone Edson, mas a pedido de Lapinha. Tá certo que quase deu merda porque Fernando detesta político e, se não fosse Marcone, que contou uma piada na hora da foto com o prefeito, o poeta teria saído de cara amarrada.

Teria, mas não saiu; por isso, naquela noite, Lapa de Corno encheu o peito de orgulho quando estava fechando o bar e se lembrou da manhã em que inaugurou o Colecionador de Chifres, que não tinha nem nome ainda, para servir Cabeça de Galo e cachaça aos caminhoneiros, porque, naqueles ontens, a BR não chegava a ser de fato BR e muita gente cortava caminho para chegar ao porto por ali.

Na época, ele era brabo e quase mata o infeliz que o chamou de Lapa de Corno pela primeira vez, depois relaxou, pois soube que era brincadeira.

Alguns anos depois ficou sabendo que corria a história de que ele teria cobrado muito caro por um prato de macaxeira com carne de sol a um caminhoneiro, que disse:

— Tu é muito corno mesmo.

Ele então teria ido buscar a esposa na cozinha e a empurrado para a frente do cliente, gritando:

— Essa é minha mulher, agora me diga se eu sou corno?

Nunca contou à mulher, a quem amava, mas não podia negar o óbvio: Zefinha era feia mesmo. Ô mulher feia... mas gostava dela, e além de tudo era trabalhadeira e cozinheira de forno e fogão, embora ele também cozinhasse, e bem.

Por isso, naquela noite, quando foi dormir, Seu Lapa deu um beijo na mulher.

Entretanto, o sucesso de "Dois Coqueiros", como era chamado de quando em vez, não se deveu apenas à mulher, mas também à inteligência do filho e a Marcone Edson, que comprou a mansão do Coisa Ruim e a transformou no Palácio do Brega; e foi logo contratando os serviços de Dona Zefinha para cozinhar; da sogra dele, Dona Babaia, para cuidar das meninas, que Vicente já era meio taludo; de Adriano para fazer serviço de pedreiro, encanador e eletricista, e assim por diante, de modo que o básico nunca mais faltou.

E como a cabeça da gente trabalha em *stand-by*, assim que acordou, Seu Lapa contou à mulher, que já estava se aprontando para ir até o Palácio do Brega preparar a comida do dia, uma ideia que teve durante a noite.

Ela tinha a chave da casa, ou melhor, do palácio.

Entrava, providenciava tudo e ia embora; muitas vezes sem ver ninguém.

Seu Lapa falou mais ou menos assim:

— Zefinha, eu tive pensando, pra agora não, mas daqui a um tempo, criar uma mesa cativa pra Seu Marcone. O que que tu acha?
— Eu acho é bom.
— Vou falar com Lapinha.
— Com Edson. Até você tá chamando seu filho de Lapinha?
— Vou falar com Edson. E outra coisa, pelo São João, vamo visitar Batateira. A gente se organiza e vai.
— Eu te peço isso faz mais de ano... Oxe, eu tô te estranhando. Tu não vai morrer não, vai?
— E eu sou doido de deixar um pedação de mulher desse nessa cidade onde só tem cabra demente, cabra ruim e cabra safado?
E Seu Lapa puxou a mulher para si.
Naquele dia Dona Zefinha se atrasou, mas ninguém notou, só Leticiazinha, porém não disse nada, nem tinha por quê. Para falar a verdade, a menina pensou em perguntar se ela estava doente, mas a viu tão feliz que mudou de ideia e não perguntou, porque mulher sabida, mesmo quando nova, quando não sabe, adivinha.

21

Lucas ainda não tinha novidades para contar sobre Katiuscia, mas como fora admitido na mesa de Fernando, ia beber com o poeta uma vez por semana e a cada encontro ficava mais impressionado com a personalidade do artista, que às vezes falava pelos cotovelos e outras vezes não falava coisa alguma.
Naquela noite, Fernando tinha bebido água de chocalho e não deixou de responder a nenhuma pergunta do rapaz:

— É verdade a história da serenata para os presos?
— É verdade sim.
— Como foi?
— Lembro que aconteceu no interior da Bahia. Era uma cidade até grande. Fiz o show e, como não consigo dormir logo depois, fui até um bar. O show terminou o quê? Quatro da manhã. Fiquei fazendo hora e às seis fui dá uma entrevista para um radialista famoso. Só que tinha uma novidade. O radialista estava dividindo o microfone com uma jornalista de São Paulo que andava fazendo uma reportagem na região e pediu a ele pra participar. Ele, de olho na boutique dela, deixou. Eu também. Ocorre que ela era mulher, era bonita e era inteligente, resultado: eu me abestalhei e falei mais do que devia. Depois foi tudo divulgado na grande imprensa paulioca e eu me lasquei.
— Mas você falou dos militares?
— Falei.
— Falou o quê?
— Disse que o presidente Figueiredo era mais grosso que um cano de passar tolete e que, se aquele cavalo podia ser presidente, eu também podia e seria até melhor. O delegado — sempre tem um baba-ovo, ô, raça infeliz — se ofendeu e mandou me prender. Eu não gostei e sentei a mão no delegado e nos soldados de polícia e apanhei feio; e fui preso por desacato a autoridade. Só não foi pior por causa da jornalista de São Paulo. Mas quando o beiço desinchou um pouco, eu cantei muita música de Waldick Soriano pros presos, que eram tudo aluado, cachaceiro e ladrão de galinha, mas tinha um que tinha matado a mulher e chorou tão alto uma vez que eu parei de cantar.
— Foi só isso?
— Pra ser preso foi só isso.
— Mas você não falou mal de Chacrinha?

— Eu falei mal de todo mundo. De Flávio Cavalcanti, que tava em baixa, mas ainda era Flávio Cavalcanti. Chamei ele de boca de furico, disse que aquele bosta se achava muito sabido, mas não sabia merda nenhuma e não respeitava os artistas. De Chacrinha eu disse que era muito simpático e coisa e tal, mas que eu só cantei lá porque a gravadora deu um cacau pro filho dele.

— Jabá?

— Jabasão. Eu só falei bem de Bolinha. No programa de Bolinha eu me sentia em casa.

— E dos artistas?

— Pois é, artista é tudo vaidoso. Eu falei mal de todo mundo. Ela perguntava assim: "O que você acha do Bob Dylan do brega?" Eu sabia lá quem era Bob Dylan. Aí eu perguntei: "Quem é o Bob Dylan do brega?" E ela: "Odair José". Aí eu respondi: "Eu não sei quem é Bob Dylan, mas se eu fosse comparado a Odair José eu ia tirar satisfação".

— Vixe.

— E foi assim; eu fui falando mal de todo mundo. De Amado Batista eu disse que era chato, mas tão chato que se ele existisse no tempo de Jó e o diabo colocasse o feridento pra ouvir um disco inteiro daquele peste que canta pra dentro, tinha ganhado a aposta com Deus; de Reginaldo Rossi eu falei que se cantasse uma tota, uma tota do que ele achava que cantava, era, no mínimo, um Cauby Peixoto; de Fábio Júnior, que nessa época fazia muito sucesso, um sucesso da porra. Ou eu tô confundindo? Não sei mais não, mas uma vez eu disse que ele cantava com um maranhão socado no furico pra dá aqueles pulinhos e depois gritar "Ai, meu cu". Não era "Brigadu" que ele gritava não.

— E de Chico Buarque?

— Pois é. Ela perguntou: "Você é o Chico Buarque do brega?" Eu disse: "Ele que é o Fernando Saymon da MPB". Aí esse povo que passa merda embaixo da venta fez a festa.
— Você já ouviu Chico Buarque?
— Ouvi alguma coisa. Ele faz umas musiquinhas de roda, de caixa de música, mas eu gosto daquela "A Banda". Essa é uma música do caralho. Essa toca o coração do povo.
— Você ficou quanto tempo preso?
— Dessa vez foi coisa de uma semana, mais ou menos. Ou mais, não lembro direito, lembro que foi preciso Lafayette ir me soltar porque naquela época não é como hoje, que alguém famoso solta um peido na China e o mundo inteiro fica sabendo antes de passar a catinga de bosta.
— E de Anísio Silva, de Evaldo Braga, de Maurício Reis, de Bartô Galeno, ela não perguntou?
— Perguntou não. De quem eu gostava ela não perguntou nada. Ela conhecia meus gostos, minhas músicas. Quando Lafayette conseguiu me soltar da gaiola, ela bebeu comigo e com ele, em uma cidade vizinha; e a gente cantou junto os meus sucessos, tudo já chei de mé. Mas ela não deu pro radialista, não deu pra mim; deu foi pra Lafayette. "Depois dessa entrevista eu fui excluído de tudo. Passei mais de um ano fazendo show só pelo interior, principalmente pelos garimpos. Se não fosse Lafayette, não tinha mais voltado a cantar nas capitais."

E assim, terminada a confissão, Fernando mandou pendurar a conta e foi dormir como os anjos do céu; aleluia, amém.

Já Lucas pensou consigo: que pena que Rildo já tá escrevendo a biografia dele. Dava pra fazer a festa.

22

Rildo não esperou nem a hora de Fernando se dirigir ao bar do Baiano. Antes de seguir para a aula de inglês, foi até o Palácio do Brega e se trancou com o poeta para contar as novidades:

— O que foi dessa vez, Rildo?

— Teu irmão. Deu uma entrevista longa, chorou e se justificou. Aquela mulher dele é uma verdadeira megera.

— E ele é santo por acaso?

— Ele contou que costumava visitar sites pornôs, mas apenas para evangelizar os punheteiros.

— Aquilo só não faz mel porque não chupa flor.

— Mas a novidade mesmo é que ele falou que agora vai cantar brega.

— Não diga. Então ele largou a crença?

— Largou não, mas vai cantar uns bregas nos shows, tudo para honra e glória do Senhor Jesus.

— Ele tá fazendo sucesso mesmo, Rildo?

— Tá. Virou uma celebridade. Mas nem tudo são flores, meu caro poeta.

— Rildo, eu não gosto quando tu fala como personagem de filme americano.

— É que esses jornaizinhos fizeram a festa. Até o daqui de Jozebela.

— Deixa eu ver?

— O quê?

— Rildo, eu te conheço; abre logo essa mochila.

Rildo fez uma cena, mas deu a ele o jornal e depois foi embora dando pulinhos.

O jornal se chamava *O Moído* e a manchete era: "É de família".

A gracinha vinha logo abaixo de uma montagem: uma foto de Fernando de um lado, sentado em um bar, passando um copo de cerveja na testa e, do outro lado, em uma pose muito sofrida, o pastor Carlos das Aleluias.

A matéria contava da rumorosa separação do pastor e da sofrida história de amor do poeta do brega com a musa da banda Bunda Rica, que estava de volta ao Brasil e se preparava para se lançar como cantora. Formaria um trio com as irmãs.

E como uma coisa leva a outra, Fernando se lembrou de que depois que a bandida foi embora ele ainda bebia cerveja e costumava mesmo passar o copo vazio na testa, o que deu o que falar.

O sestro deu azo a tantas brincadeiras que ele deixou de beber cerveja, porque se bebesse cerveja passava o copo vazio na testa. Aí lá vinham as piadas ou aquele olhar de piedade que o enraivecia ainda mais que as piadas.

Porém, em vez de rasgar o jornal e xingar Deus e o mundo, Fernando Saymon sorriu e teve vontade de cantar.

23

Marcone Edson tinha quatro filhas.

As duas mais velhas, Núbia e Júlia, estudavam medicina em João Pessoa.

A terceira, Sula, estudava para o Enem; e quando não estava estudando estava descobrindo o sexo, com o namorado, Guto.

E, por fim, a caçula, Sílvia Letícia, dona de casa aos treze anos.

E como as duas mais velhas viriam visitar o pai e trariam os namorados que queriam conhecer Fernando, pois o poeta tinha voltado aos holofotes depois de descer o braço em cima de Cid Show, Marcone pediu a ele que participasse do almoço de domingo e cantasse algumas músicas:

— Claro, Marcone.

E o domingo chegou.

Marcone tinha muitas namoradas, mas não levava nenhuma para o Palácio do Brega; recebeu as filhas com o afeto sincero que nutria por todos os cinco "bruguelos" e ainda pilheriou com os rapazes, que chamou de "os evangelistas", porque atendiam por Lucas e Mateus.

Vicente trouxe a quase mulher, uma moça muito entojada, Bárbara, que achava tudo muito brega, embora quisesse casar e viver em Miami, a cidade mais brega do mundo.

E até Leticiazinha convidou duas amigas: Márcia e Isabela, a quem apresentou Fernando como:

— Esse é meu patrão.

Porque, de fato, Fernando remunerava a menina.

Fernando conversou longamente com as meninas, como fazia com qualquer criança ou adolescente.

Porém também conversou com os rapazes.

Fez algumas insinuações sobre a zona do baixo meretrício de João Pessoa, que os rapazes não entenderam.

Até que, depois de comerem a dobradinha feita pela feliz consorte de Seu Lapa de Corno, foram para o quintal e Júlia pediu a Fernando que pegasse o violão e aí, entre uma música e outra, as meninas, como sempre acontecia nessas ocasiões, lembraram da mãe, mas sem tristeza.

Um dos rapazes, Mateus, o namorado de Núbia, pediu a Fernando que cantasse uma música que a vó dele, que tinha sido namoradeira e gostava de música, cantava. Ele achava que era uma modinha, mas era a "valsa de subúrbio" intitulada "Ontem, ao luar".

Fernando cantou:

Ontem, ao luar, nós dois em plena solidão
Tu me perguntaste o que era a dor de uma paixão
Nada respondi, calmo assim fiquei
Mas, fitando o azul do azul do céu
A lua azul eu te mostrei
Mostrando-a a ti, dos olhos meu correr senti
Uma nívea lágrima e, assim, te respondi
Fiquei a sorrir por ter o prazer
De ver a lágrima nos olhos a sofrer

A dor da paixão não tem explicação
Como definir o que eu só sei sentir
É mister sofrer para se saber
O que no peito o coração não quer dizer
Pergunta ao luar, travesso e tão taful
De noite a chorar na onda toda azul
Pergunta, ao luar, do mar à canção
Qual mistério que há na dor de uma paixão

Se tu desejas saber o que é o amor
E sentir o seu calor
O amaríssimo travor do seu dulçor
Sobe um monte à beira-mar, ao luar
Ouve a onda sobre a areia a lacrimar
Ouve o silêncio a falar na solidão
De um calado coração
A penar, a derramar os prantos seus
Ouve o choro perenal
A dor silente, universal
E a dor maior, que é a dor de Deus

Se tu queres mais, saber a fonte dos meus ais
Põe o ouvido aqui na rósea flor do coração
Ouve a inquietação da merencória pulsação
Busca saber qual a razão
Porque ele disse assim tão triste a suspirar
A palpitar em desesperação
A queimar de amar um insensível coração
Que a ninguém dirá no peito ingrato em que ele está
Mas que ao sepulcro fatalmente o levará.

E depois seguiu cantando: "E o destino desfolhou", "Caminhemos", "Quero beijar-te as mãos", "A beleza da rosa", "Se meu amor não chegar", "Na hora do adeus", "Deslizes" e, por fim, "A mais bonita das noites", quando os casais, inclusive Sula e Guto, queriam ficar bem mais juntinhos, de modo que restou em torno dele apenas Marcone Edson, que logo depois capotou, e as três meninas.

Então uma delas, Márcia, pediu a Fernando que fizesse uma música para ela.

Essa menina, Márcia, era muito orgulhosa dos próprios peitos, que chamaram a atenção de todos os homens da festa, porque os peitos dela eram muito duros e muito voltados para cima; mal comparando, pareciam chifres de unicórnio.

A menina sabia que os peitos impressionavam e por isso andava muito espigada, mas ainda era uma menina e não queria seduzir ninguém; portanto, foi sem maldade que pediu a Fernando que fizesse uma música para ela.

Fernando prometeu.

Pouco depois chegaram os pais das meninas para buscá-las.

Fernando fez as honras da casa, depois arrastou Marcone para a cama e ficou arranhando o violão mordido por uma ideia; de início, na companhia de Leticiazinha, mas a menina não demorou a achar aquilo muito chato e foi dormir.

Fernando, que nem lembrava a última vez que tinha pegado o violão para compor, ficou ali tentando, até que, de madrugada, feliz da vida, foi pegar o gravadorzinho velho de guerra.

A princípio era uma música para a menina, uma baladinha como "O tijolinho", depois, nem ele soube como, virou um bolero para Katiuscia.

No dia seguinte ele até teve vontade, mas não mostrou a música a ninguém, mesmo porque ainda não tinha letra; e mostrar a música sem letra, segundo ele mesmo, dava azar.

24

Fernando estava de saída para o bar quando a irmã ligou e depois de algum arrodeio disse:

— Iranildo, Caroço ligou pra mim.

— E eu com isso?

— Caroço agora é prefeito.

— E ele sabe ler?

— Ele tá preparando a festa de vinte anos de emancipação política de Suassuapara e quer contratar você para encerrar as comemorações. Você vai?

Fernando pensou um pouco e sentiu vontade de rever Suassuapara, de modo que respondeu:

— Vou. Vou sim.

— Mas tem uma coisa: ele contratou Ivanildo também.

Fernando sorriu e pensou que estava na hora de encontrar o irmão outra vez, mesmo que fosse para mandá-lo tomar no olho do cu.

— Vou mesmo assim. Mas, apesar do sucesso dele, o cartaz sou eu.

— Ninguém usa mais essa palavra, Fernando. Cartaz, isso é coisa do tempo do rádio.

— Eu uso.

— Ele quer você pra encerrar a festa.

— Certo.

— Quem é teu empresário agora?

— É, eu tive uma desinteligência com Gideone. Agora meu empresário é Marcone Edson Gomide de Freitas.

— Ah, é Marcone! Eu ligo pra ele e dou o número de Caroço pra ele acertar os valores. Outra coisa: não esqueça que é daqui a um mês a festa. Tudo bem?

— Tudo bem. Você vai?

— Vou. Vai a família toda.

Então se despediram.

25

Quando soube que Fernando iria fazer um show na cidade natal, Rildo pediu para ir e o poeta concordou.

— Mas eu não tenho dinheiro.

— Tem nada não, você vai pra segurar meu violão. E eu ainda te pago cem conto.

Outro que se dispôs a ir foi Lucas, mas esse pagando as próprias despesas.

Marcone nem pensou em não ir. Já foi preparando as malas, embora tenha resolvido os detalhes do contrato por telefone.

Enquanto isso, a vida de Fernando se resumia a cantar no Colecionador de Chifres e beber no bar do Baiano; e, pra não ser injusto, de vez em quando, gritar:

— Bota cachaça, porra!

Até que em um dos poucos lampejos de sobriedade que teve durante aqueles dias de cachaça e fúria, isso enquanto tomava café amargo pouco depois de acordar, percebeu Leticiazinha inquieta e estranhou, para logo depois lembrar que, embora, na cabeça dele, ela fosse acompanhá-lo, pois Fernando queria mostrar São Luís e Suassuapara à menina, não a tinha convidado, razão pela qual falou:

— Leticiazinha, eu venho tomando tanta cachaça que me esqueci de perguntar se você quer ir pra Suassuapara. Eu queria que você fosse pra lhe mostrar o cu do mundo onde eu nasci.

— Quero sim, Fernando.

— É um cu do mundo, vou logo avisando, agora é bonito. Quer ir mesmo?

— Quero.

— Então eu vou esperar por seu pai pra falar com ele.

Naquele dia ele foi encher a cara bem mais tarde porque ficou esperando para falar com Marcone, que demorou a chegar e não queria levar a filha. Isso porque, além de conhecer uma das cidades sagradas do brega, São Luís, queria experimentar os amores de alguma maranhense. Porém, a teimosia durou pouco: bastou Leticiazinha olhar para ele e dizer, de mãos na cintura:

— Mas eu quero ir, papai.

E ele correr para ela e erguê-la como se ela fosse um bebê, o que a irritava sobremaneira e, em seguida, dizer:

— Então vamos, minha princesa. Agora me dê um beijo, me dê.

Daquela vez ela deu.

26

Em São Luís, Fernando, *entourage* e banda foram acolhidos, de qualquer jeito, na casa de Ivone, mas nos três dias que permaneceram na capital do Maranhão não ficaram muito tempo desfrutando da hospitalidade da "mulher braba", pois Fernando foi procurar as antigas casas de putas que não encontrou mais e beber.

E como nunca consegue permanecer incógnito por muito tempo em nenhum lugar do Brasil, chegou mesmo a dar uma palhinha no Kabão, para delírio dos presentes.

Mas reservou uma tarde para mostrar o centro a Leticiazinha e até a casa onde morou com Camilo e que estava caindo aos pedaços, para grande tristeza dele.

Como Lucas e os sobrinhos Naldo, o mais velho, e Fábio, o mais moço, o acompanhavam, Leticiazinha não teve como consolar o poeta, que, depois de uma curta e intensa crise de choro, só pôde dizer:

— Caralho, eu tô ficando velho mesmo.

E depois:

— Ô Lucas, quanto será que vale essa casa?

— Não tenho ideia.

— Quando voltar a ganhar dinheiro vou comprar.

— O problema de comprar é a burocracia. A reforma é que deve custar os olhos da cara.

— Tem nada não. Eu ganhando dinheiro vai ser a minha prioridade.

No dia seguinte Marcone conseguiu fretar o ônibus que desejava; e todos, acompanhados de Ivone, filhos, marido e agregados, seguiram para Suassuapara.

No caminho foram recolhendo mais gente, mas a verdade é que, sempre que conversava com a irmã, Fernando se arrependia de ter ido:

— Quando eu chegar lá quero falar com Dona Cosma.

— Dona Cosma já morreu faz tempo.
— Então Dona Mazé.
— Dessa não tem mais nem os ossos.
— E Seu Marcolino?
— Tu quer fazer graça, Iranildo? Seu Marcolino era velho quando tu ainda mijava nas calças.
— Tá, tá, resta alguém vivo?
— Caroço.
— Eu quero que Caroço tome no sedém. E Alberto?
— Alberto vive em São Paulo, faz mais de ano que não volta.
— E as bichas boas?
— As bichas boas só têm pelanca e soube que moram em Caxias; foi a última vez que tive notícias delas.
— E Cu de Bico?
— Cu de Bico morreu de Aids.
— A Aids chegou em Suassuapara?
— Chegou e já foi embora.
— Então eu não quero ver mais ninguém.

Dava um muxoxo e ia se sentar sozinho, abria a janela e fumava.

Mas a viagem não teve só aborrecimentos, de vez em quando ele cantava no ônibus e as refeições em restaurantes de beira de estrada eram quase sempre bem animadas.

Algumas. Algumas não; muitas vezes ele era reconhecido e soltava o gogó.

E teve a noite em que levou Leticiazinha e quase todo mundo para o Cruzeiro das Almas, onde diziam que foram enterrados muitos balaios na Guerra dos Bem-te-vis. No tempo do pega.

Enquanto eles rodeavam o cruzeiro, já noite fechada, um caboré "piou" e não houve quem não abrisse na carreira de volta para o ônibus, com exceção de Ivone e do poeta, que conheciam o som e voltaram às gargalhadas, depois das quais Fernando perguntou:

— Teve gente que cagou-se todo, porque, pelo que eu sei, alma não peida. Ou peida?

27

Não confundam Suassuapara com a antiga fazenda Suassuapara, que hoje chama Nova Iorque; a Suassuapara de Fernando fica próxima a Carolina, no meio da Chapada das Mesas; e foi lá que ele chegou depois de uma semana de viagem.

Era domingo pela manhã, quase de madrugada ainda, e Suassuapara parecia uma cidade fantasma, porque quase todo mundo estava pelos sítios, por isso mesmo foi para o sítio Gogoia que seguiu a trupe de Fernando Saymon, onde, na falta de um nome melhor, os "caseiros" Joana, Pedro Raimundo e os meninos, vieram recebê-los de braços e coração abertos.

Fernando, depois de beber água, quis ir logo visitar o túmulo de Inês, a irmã mais nova e querida por todos, que ficava na sombra de um mulunguzeiro.

O poeta estava feliz e não deixava ninguém falar, por isso, enquanto Pedro Raimundo tentava, em vão, avisar sobre alguma coisa urgente, Joana cochichou com Ivone, assim que Fernando saiu desembestado para o túmulo, dizendo:

— Eu não quero ninguém no meu cós.

Ivone correu atrás do irmão e só então notou o jipe vermelho, a pouca distância da casa dos moradores que, depois da última reforma, ficou quase do tamanho da casa dos donos do sítio. Fernando também não viu o jipe e não observou as novas dimensões da casa, mas, assim que percebeu o irmão, estacou o passo e bufou de raiva.

Justo quando Ivone passou por Fernando, o pastor virou-se e sorriu.

Em pouco tempo estavam os três diante do túmulo, rezando e chorando baixinho.

— Vamos rezar o ofício pela alma dela — disse Ivone; e não era um pedido, era uma ordem.

Eles rezaram.

Ninguém mais se aproximou do túmulo, pois Joana preveniu aos outros membros da família o que estava para acontecer, ou melhor, o que estava acontecendo.

Quando os três terminaram de rezar o ofício, Ivanildo falou para Ivone:

— Pergunte a esse rapaz aí do lado se ele ouviu falar do sucesso do Pastor Carlos das Aleluias.

Fernando respondeu:

— Pergunte a esse senhor aí se ele conhece o poeta do brega.

O pastor Carlos respostou:

— Pergunte a esse, a esse alcoolista, se ele já ouviu a canção "Eu servo do senhor, nova criatura".

Fernando respondeu de imediato:

— Pergunte a esse quase obeso se ele já ouviu, deixa eu ver, "A flor das sete pétalas" ou "O amor é uma cachaça doida" ou "Roberto Carlos não entende de amor".

— Pergunte a esse mal-amado se...

Ivone se irritou e respondeu:

— Eu não pergunto é nada, dois cornos safados.

E saiu apressada, para grande surpresa dos homens, que caíram na gargalhada.

Depois olharam um para o outro. Tiveram vontade de se abraçar, até esboçaram o gesto, mas não se abraçaram. Então o pastor disse:

— Foi bom te ver, corno cachaceiro.
— Igualmente, corno santo.

E Fernando viu o irmão descer a pequena elevação onde ficava a árvore e o túmulo e seguir para o carro vermelho.

28

Depois da visita ao túmulo e de reencontrar o irmão, Fernando se recolheu ao quarto, mas não bebeu.

Não bebeu, mas não recebeu ninguém: nem os vereadores, nem o padre, nem os netos de Dona Dondon, que arrastaram a velha, que quase já não estava nesse mundo, para conhecer o famoso cantor.

Foram recebidos, todos aqueles que procuraram o poeta, com extrema delicadeza por Ivone e também por Marcone Edson, que se desculpava explicando que o poeta estava muito triste pelas lembranças da irmã.

Mas a verdade é que os habitantes de Suassuapara voltavam resmungando que os dois cornos só queriam ser merda.

Um não falou com ninguém e esperava pelo dia, ou melhor, pela noite do show em Carolina; e o outro bebia tanto que não conseguia nem ficar em pé, quanto mais cantar.

Era o que se dizia, a boca pequena, pela cidade e nos sítios.

O show seria um fracasso.

Por isso Caroço, o prefeito, pensou em inverter a entrada das atrações principais: primeiro Fernando Saymon, o poeta do brega, e depois o Pastor Carlos das Aleluias, que já vinha sendo chamado, ainda sem muito êxito, é verdade, de "irmão do brega".

A intenção do prefeito chegou aos ouvidos de Jalala; por isso, ele, já calibrado, embora prevenido por todos, foi procurar Fernando e na sala de visitas fez aquele escarcéu:

— A mim ele vai receber, a gente...

Viu a menina e Ivone e calou-se, pois ia dizer que os dois eram irmãos de tabaca, porque se iniciaram na safadeza nas partes da burra Loló, mas não precisou falar mais nada, pois Fernando saiu do quarto, já de braços abertos e gritando:

— Jalala, porra. Desgraça. Eu achei que tu já tinha morrido.

— Capote, esse negócio de morrer novo é pra galinha de granja.

Então Fernando abraçou Jalala com força, embora o homem, tão sorridente quanto andrajoso, fedesse muito.

— Vamo beber agora.

— Eu vim te prevenir que Caroço quer te colocar pra cantar depois de Pata Choca.

— Ah, mas não vai mesmo.

Foi pegar o celular e depois disse:

— Marcone, me dá aí o número de Caroço.

Depois de alguma hesitação, Marcone deu.

Ele ligou, mas ninguém atendia. Então disse:

— Leticiazinha, feche os ouvidos que eu vou gravar um áudio pr'aquela peste.

E gravou:

— Escute aqui, seu gordo nojento. Eu não esqueci de você não. É Fernando Saymon. Eu sei o que você tá pensando em fazer, mas não faça não, senão eu vou aí bater na sua cara e comer seu cu. Cabra safado.

Na prefeitura, depois de ouvir o áudio, o homem — que, a princípio, achava que era uma mensagem de agradecimento — ficou atônito e depois perguntou a Nonato, que servia como assessor e segurança dele:

— Tu acha que ele vem mesmo, Nonato?
— Sei lá, aquilo é doido.
Então o prefeito mudou de ideia e deixou tudo como estava.
Enquanto isso, Fernando e Jalala riam relembrando a infância e o começo da adolescência e enchiam a cara de cana.

29

No dia do ensaio geral, Fernando mostrou a cidade a Leticiazinha:
— Aqui é a praça da matriz. A matriz é a igreja e a prefeitura é aquele prédio lá do outro lado.
— Mas é só isso, Fernando? É tão pequena...
— Agora tá grande, quando eu era menino a igreja era só uma capela; não havia prefeitura e só duas ruas. E a diversão era quando tinha feira.
A menina ficou decepcionada.
Entretanto, jamais esqueceria o dia anterior, quando Fernando e Jalala mostraram a ela, ao pai e a um arfante Lucas o Morro do Chapéu, de longe, e, principalmente, dois dias depois que chegaram, a ocasião em que pôde tomar banho, desta vez acompanhada pelas meninas do sítio, no Poço do Nunca Afoga.
Nunca tinha visto lugar mais bonito.

30

Chegou a noite do show.
Houve missa, discurso (até Marcone discursou), foguetório e finalmente música.

Uma Ave Maria cantada pela filha mais velha do prefeito.

O hino da cidade, cantado pela irmã do prefeito.

O show de abertura realizado pela banda Joinha, composta pelos sobrinhos da amante do prefeito e, finalmente, as atrações principais, responsáveis por atrair gente até de Caxias, Carolina e Imperatriz: o Pastor Carlos das Aleluias, estourado com a música "Eu servo do senhor, nova criatura", que fez um excelente show e terminou cantando, se não uma música do irmão, uma das canções preferidas do poeta do brega: "Se meu amor não chegar".

Carlos estendeu o show o máximo que pôde e não ficou para assistir Fernando.

Partiu exultante, acompanhado de um segurança e de uma loura curvilínea vestida dos pés à cabeça e, mesmo assim, gostosa que só a porra.

Fernando entrou no palco quase às quatro da manhã.

Estava inteiramente sóbrio; e, feliz, agradeceu pelo convite.

Agradeceu até a Caroço.

Contou da satisfação de rever a terra onde nasceu e de rever amigos como Jalala. Depois soltou a voz e cantou os sucessos de sempre: "A flor das sete pétalas", "Meu coração é um bar vazio", "Cabareteira", "Eu te amo, te amo, te amo", "Roberto Carlos não entende de amor", "O amor é uma cachaça doida" e muitos outros.

Em seguida, visivelmente emocionado, agradeceu aos responsáveis por ele ter retomado a carreira para valer, principalmente, nas palavras dele, "a menina que brincou com os anjos, a filha que eu não tive, Leticiazinha".

Depois contou:

— Vocês sabem que eu sou corno. Isso não é novidade. Uma vez, quando eu já era, mas escondia, perguntei a seu Migué, lá na Borborema. Seu Migué levava um chifre amuado: "Ô, seu Migué, o senhor não se importa que Dona Flora dê o tabaco a Deus e o mundo não?" E ele respondeu: "Me importo não. Aquilo é dela."

"Mas o senhor já chegou a ver?"

"Uma vez eu encontrei ela abufelada com meu cumpadre Ruscano, em riba da cama."

"E o senhor fez o quê?"

"Nada. Tive vontade de jogar um copo d'água em cima deles, mas aí lembrei que eles tava com o corpo quente. Tive medo que fizesse má."

O povo riu e Fernando continuou:

— Eu também vi... A mulher que mais amei abufelada com um cantor de axé. Imagine, com um cantor de axé? Se tivesse sido pelo menos com Anísio Silva, eu perdoava.

Calou-se e depois prosseguiu:

— Eu corri doido pra não ver mais. Na época eu ia me casar e dá de presente pra ela um disco, doze músicas. Vejam o que é um homem apaixonado... Nunca cantei essas canções. Depois, quando ela me chifrou, eu ainda não tinha o disco pronto. Fiz outras e essas é que ficaram mais bonitas. Vou cantar agora todas as que eu lembro.

O povo aplaudiu.

— Rildo, traz meu violão.

Rildo entrou no palco com o violão. Ele abraçou Rildo e disse:

— Esse é meu grande amigo Rildo. Gosto demais dele.

O povo voltou a aplaudir.

Fernando pegou o violão e cantou as músicas que, muito tempo depois, o povo ficou sabendo que se chamavam: "Meu maior encanto", "Katiuscia", "Pouca roupa e muita mulher", "Motel Lovestar", "Ilha Margarita", "Nos olhos do meu amor vejo o paraíso", "Minha sorte cachorra",

"Mil vezes leviana", "As lágrimas da indiferença", "Eu sou um homem", "Vivo feliz porque te odeio", "Os mil pedaços do meu coração", "Eu que fiz teu coração feliz" e "Seduzido e abandonado".

Quando acabou, já era dia claro e a praça ainda estava tomada de gente.

Jalala chorava e gritava:

— É o maior.

Enquanto todo mundo aplaudia com estrondo.

Quando as palmas finalmente cessaram, Fernando falou:

— Muito obrigado, eu nunca vou esquecer essa noite. Vocês vão pro céu, fizeram um corno feliz.

O povo aplaudiu mais uma vez e Fernando deixou o palco amparado por Rildo.

Só conseguiu dormir durante a madrugada do dia seguinte.

PARTE 2

ELA AMAVA COMO UMA GATA DE RUA

1

O Pastor Carlos das Aleluias mandou gravar o show dele.

Alguns dias depois recebeu o vídeo e sentiu orgulho de si, até que ficou sabendo do estrondoso sucesso do show de Fernando Saymon que, à revelia do poeta, também fora gravado, provavelmente pelo mesmo profissional, e circulava mais que notícia ruim.

Foi assistir e depois não resistiu a dizer um palavrão:

— Féla da puta pra cantar e dizer coisa bonita. Só podia ser meu irmão... Aprendeu comigo.

E foi chorar no banheiro.

Enquanto isso, as canções do poeta do brega, especialmente "Minha sorte cachorra", "Mil vezes leviana", "As lágrimas da indiferença", "Vivo feliz por que te odeio", "Os mil pedaços do meu coração" e "Seduzido e abandonado" corriam o mundo, de celular em celular.

Mas o poeta, que, de volta a Jozebela, seguia bebendo enquanto Marcone Edson acertava os detalhes para que ele começasse uma temporada de shows na casa de brega mais antiga da cidade, não sabia de nada.

Marcone não quis se envolver, pois temia a reação que Fernando teria ao tomar conhecimento de que tivera o "coração" exposto a qualquer ouvido.

Leticiazinha quis avisar, mas ficou em dúvida se era o melhor a fazer.

Rildo também não quis dizer nada, pois, em razão da demonstração de carinho que recebeu em Suassuapara, justificou-se a Marcone:

— Daqui pra frente só falo coisa boa para o meu poeta.

Até que aconteceu.

Fernando estava a caminho do bar do Baiano quando prestou atenção em um ambulante empurrando um carrinho enfeitado com caixas de som; ele ia embalado pelos versos de "Minha sorte cachorra".

Fernando parou.

Reconheceu a própria voz.

Ouviu. Ouviu até o fim e depois perguntou ao rapaz, que não o reconheceu:

— Que música é essa?

— "Minha sorte cachorra".

— E de quem é?

— De Fernando Saymon, o poeta do brega. Pense num corno pra cantar direito.

E o rapaz seguiu o caminho dele.

Fernando então "correu" para o próprio apartamento, para descobrir se alguém tinha mexido nas coisas dele, mas no caminho entendeu duas coisas, que estava sem a chave e que o rapaz chamou a música de "Minha sorte cachorra" não porque soubesse que esse era o nome que ele deu à canção, mas porque era o verso mais forte do estribilho.

Voltou para o Palácio do Brega e não precisou nem perguntar, porque Leticiazinha adivinhou tudo e foi logo dizendo:

— Eu ia avisar, Fernando, mas achei que você pudesse ficar aborrecido.

— Ouvi minha própria música, Leticiazinha, tocando num carrinho de camelô. É do cu cair da bunda. Eu nem gravei ela.

— Hoje basta um celular pra gravar.

— Tem como impedir, Leticiazinha?

— Tem como tirar do YouTube.

— Do quê?

— Da internet, mas tem que ficar vigiando, senão postam de novo.

— Então não vale a pena. Mas tá fazendo sucesso mesmo?

— Tá. O povo já tá cantando faz mais de uma semana. Agora os jornalistas descobriram. Comecei a receber pedidos de entrevistas.

— Não dou entrevista pra ninguém. Agora só quero cantar. O que foi?

— Você não tá aborrecido comigo não... tá, Fernando?

— Por quê? Ah, por isso? Não. Não. Mas que coisa doida, Leticiazinha.

— Você aceita gravar um disco, Fernando? Tem proposta pra gravar também.

— Ainda não. Quem sabe depois.

Tomou água, foi mijar e saiu outra vez, pra encher a cara.

2

Assim que tomou conhecimento da maneira como Fernando ficou sabendo do sucesso das canções feitas para Katiuscia, Lucas publicou um artigo na revista eletrônica *Lupicínio*.

O artigo foi intitulado: "Sob os encantos da voz roufenha".

Era um texto apaixonado e primoroso.

Fernando, mais uma vez, não soube de nada, mas Rildo leu e chorou. Depois telefonou pra Lucas e pediu para encontrá-lo no Colecionador de Chifres e depois de mil e um arrodeios, disse:

— Eu tenho todos os discos de Fernando. Todas as revistas que publicaram entrevistas dele, recortes de jornal e conversei muito com ele; sou uma espécie de memória auxiliar do poeta. Tenho muitas horas de gravação. Teve uma época em que ele ia na minha casa e, enquanto não ficava completamente bêbado, respondia tudo o que eu perguntava. Tenho muita coisa mesmo.

Lucas começava a compreender.

Rildo prosseguiu:

— Mas eu não consigo escrever. É porque sou muito fã de Fernando. Escrevi sobre Dalva, minha rainha, mas Dalva eu não conheci de verdade. Você leu o meu livro?

— Li, Rildo. Gosto muito do seu livro. Até escrevi sobre ele e eu nem te conhecia ainda.

— Eu sei. É por isso que vou te propor o que vou te falar.

— E o que é?

— Eu quero que você escreva a biografia de Fernando; eu te entrego todo o material, mas quero ler antes de todo mundo e quero meu nome na capa, primeiro que o seu.

— Por mim tudo bem.

— Posso confiar em você?
— Pode. Pode.
— Olha que eu quase já matei um bofe escândalo, viu? Foi aí que caí no ostracismo e me mudei pra Jozebela.
— Pode confiar sim, Rildo.
— Tá, mas deixa que eu conto a Fernando, certo?
— Certo.
— Vamo fazer assim... Eu não quero me separar das minhas relíquias. Você vai lá pro meu apartamento, de tarde, qualquer dia, menos os finais de semana, e trabalha lá.
— Tá certo.
— E fica calmo que eu não vou te comer não.
— Obrigado, Rildo. Eu queria escrever sobre Fernando. Pra dizer a verdade já comecei a pesquisar, mas só ia publicar depois de você. Com o seu material, eu economizo uns cinco anos de trabalho.
— Ficamos combinados então?
— Ficamos.

E Rildo foi embora, enquanto Lucas ligou para o melhor amigo e foi logo dizendo:
— Deus existe e gosta de mim, agora vem pra cá.
Aquela noite ele bebeu até cair.

3

Fortaleza é uma das capitais do brega, por isso Katiuscia não demorou a ouvir as canções que Fernando Saymon fez para ela, mas não falou nada.

As irmãs e as sobrinhas perguntaram pelo poeta do brega, mas ela só respondeu que gostou muito de Fernando.

Na ocasião as três descansavam depois de ensaiar a coreografia do Melô do Piripiri.

Estavam na iminência de gravar um clipe da música para divulgar em todas as mídias possíveis, por isso as imagens não poderiam ser muito sensuais, o que aborrecia muito a líder do grupo Kibombombom, pois Katiuscia começou a carreira no Brasil dos anos 1990, em que era comum dançar na boquinha da garrafa e cantar "Fui convidado pra uma tal de suruba"; portanto, não entendia por que não podia abrir muito as pernas e usar calças justas.

O empresário delas, o experiente Baby Face, gay até a última letra, dizia:

— Kati, meu amor, isso aqui não é o sul da Califórnia não.

— E aqui Rita Cadillac nunca fez sucesso não, né? Gretchen, Sol, Fernanda Terremoto, Wilma Dias, Sharon?

— Me escute, se não for do jeito que eu quero não passa onde tem que passar.

Katiuscia, então, depois de muito insistir, a contragosto, concordou.

Mas no show que estavam preparando as coisas seriam diferentes.

Ela já tinha aprovado os arranjos e as coreografias das canções que deixariam qualquer homem feliz, entre elas "A boceta é minha", para que os jornalistas pudessem falar de empoderamento, *pussy power*, protagonismo feminino; o "clássico" "Cai de boca no meu bocetão" e as novas composições, plagiadas de músicas sem dono e proibidões cariocas: "Vou deixar tua pica dura", "Mamadeira de piroca", "Empurra, empurra", "Quero ver quem fica em pé", "Recheio de boceta", "Leite de saco", "Pelos poderes da xana" e "Rebuceteio".

Fernando era feliz e não sabia.

4

O poeta estava "domiciliado" de vez no bar do Baiano, mas sentiu saudades do tira-gosto de fígado acebolado que só Dona Zefinha sabia fazer do jeito que ele gostava; por isso, naquele fim de tarde, dirigiu-se ao Colecionador de Chifres.

Pretendia ficar até tarde para assistir a uma batalha musical entre um sósia de Reginaldo Rossi e um cantor da noite, Jorge Barcelos, que tinha quase o mesmo tom de voz de Evaldo Braga e se apresentaria usando o pseudônimo de Evandro Braga.

Em tese, só levaria o cachê para casa quem agradasse mais ao público.

Era a mais nova invenção de Lapinha.

Dessa vez o poeta estava acompanhado por Rildo, que fazia caras e bocas para um professor de educação física que parecia estar gostando da brincadeira.

Portanto, estava tudo muito bem, estava tudo muito bom, até que chegou uma família inteira: pai, mãe, sogra e cinco filhos adolescentes.

O pai estava "melado". Fernando, igualmente.

O pai estava num vai não vai falar com Fernando, o que deixou Rildo nervoso.

Até que tomou coragem e, acompanhado pelo filho mais velho, sentou-se diante de Fernando e disse:

— Meu poeta, vá me desculpando, mas vossa... vossa "autarquia" me deu uma alegria grande e eu queria agradecer.

— E qual foi? — respondeu Fernando, já de cara amarrada, adivinhando alguma chateação, enquanto Rildo avaliava os quibas do rapaz.

— Sonhei contigo, meu poeta. Tu cantando aquela música "Minha sorte cachorra". Escutei "Minha sorte cachorra" e não fiz nada. Sonhei uma, duas, três, quatro vezes e só então eu entendi.

— Entendeu o quê?

— Joguei no bicho. Lasquei tudo o que eu tinha no touro. Acertei no milhar.

Fernando bufou e chegou até a armar o soco.

Ultimamente estava lidando melhor com a cornitude, mas de vez em quando perdia as estribeiras.

O pai de família estava tão eufórico que nem percebeu e gritou:

— Meu poeta, tire uma fotografia comigo e com a minha família, tire, que eu vou emoldurar e botar na parede da sala. Vai ser meu talismã.

O homem estava tão feliz que Fernando relaxou e disse:

— Só se for agora.

O sortudo chamou a família e Rildo registrou o momento para a posteridade.

O acontecido animou Fernando, que continuou bebendo e, mais tarde, aceitou dar uma palhinha, acompanhando os artistas.

Com Marivaldo Rossi cantou "Garçom" e com Evandro Braga cantou "Meu Deus" e, claro, "Noite cheia de estrelas"; e encerrou o espetáculo cantando, sob os aplausos de todos, "Na hora do adeus".

No dia seguinte, o vídeo com a performance do poeta da língua arrastada tinha viralizado, a tal ponto que Leticiazinha contou a ele.

Depois de assistir ao vídeo, irritado, Fernando comentou:

— Nesses dias vão colocar uma câmera dentro do celite pra fotografar olho de cu do cagão e mostrar na internet. Isso é uma esculhambação.

5

Sara Monroe, com quem Katiuscia, ou melhor, Monika Milk-Shake, tinha dividido muitas cenas e, portanto, muitos cacetes, ligou para ela e avisou que o lutador estava enlouquecido e que, apertando o pescoço dela em um corredor de hotel, disse que não era homem para ser abandonado e que ia até o Brasil para matá-la.

Katiuscia falou para ela que não se preocupasse, que cão que ladra não morde, mas a amiga estava preocupada e lembrou que El Malo já fora preso por agressão e era lutador de MMA.

Mas, mesmo assim, não assustou Katiuscia, que disse:

— Ainda tá pra nascer homem pra me meter medo.

Depois se lembrou das circunstâncias do fim do relacionamento e não entendeu a razão de tanta fúria, pois eles apenas se divertiram algumas vezes e nada mais, embora, se recordava, quando falou que ia voltar ao Brasil, ele a olhou nos olhos, com cara de assassino, e disse mais ou menos isso, caso soubesse falar português:

— Eu vou lutar em Las Vegas; quando eu voltar quero este teu bocetão bem aqui, nessa cama.

Falou como se desse uma ordem.

E deu umas palmadinhas na cama.

Ela não falou nada, mas pensou: espere sentado.

Porém todo mundo — e a mulher de seu Raimundo, quando tomava conhecimento da história — ponderava que ela devia ter cuidado, pois Roque Rocafuerte, El Malo, lutador de MMA de "segunda divisão", era dado a ideias fixas e qualquer um que prestasse atenção na fisionomia e no comportamento do infeliz sairia de perto.

6

Estava perto de o dia amanhecer e Fernando dormia quando, de repente, deu um pinote, pois acordou ouvindo batidas desesperadas na porta do quarto.

Era Vicente, aos prantos.

Entre um fungado e outro chamava por Fernando, que logo compreendeu, pelo tom do lamento que só podia ser:

— Chifre. É chifre — falou para si mesmo e depois perguntou: — Foi tua mulher?

— Foi. Foi.

— Espera que eu vou me vestir e jogar uma água na cara.

— Eu tô te esperando na sala.

— Tá.

— Não demora.

— Demoro não.

Fernando, apressado, fez o que disse que faria e fez mais, pegou a carteira e o celular.

Então teve uma ideia: resolveu mandar uma mensagem para Bira:

— Bira, o filho de Marcone levou chifre. Bora fazer quarto pro corno?

Bira não demorou a responder:

— Passo aí em cinco minutos. Tô na casa das primas.

Do outro lado da casa, Leticiazinha ouviu o irmão chorar, coisa que não se lembrava de ter visto antes, mas resolveu ficar quieta porque mais ou menos entendeu que tinha a ver com Bárbara.

Por isso não ficou surpresa quando Fernando bateu no quarto dela e disse, alto demais, o que fez o rapaz, que ouviu tudo, soluçar:

— Leticiazinha, Leticiazinha?

— Oi, Fernando.

— Teu irmão levou chifre. Vou encher a cara com ele na praia do Abacateiro. Bira vai também. Avisa a Marcone. Ele sabe mais ou menos onde a gente vai.

— Tá certo.

— Vou fechar a porta e esconder a chave. A casa tá toda vomitada. Avisa a Dona Zefinha.

— Aviso.

Então Fernando foi até a sala e Vicente, que era um meninão de quase dois metros, se agarrou com Fernando, que o consolou e o foi arrastando até o portão, pois Bira já buzinava.

Em quinze minutos estavam na praia do Abacateiro, no bar da Cachada, que era igualmente um cabaré.

Lá, diante do mar azul e indiferente, Vicente contou a história:

— Eu tenho a chave do apartamento dela. Hoje, no meio da tarde, tive um tempinho e resolvi ir até lá pra ver se conseguia alguma coisa. Levei até pinha, que é a fruta que ela mais gosta. A porta estava fechada e eu achei que ela tinha saído, já ia embora quando uns meninos soltaram umas piadas e depois ouvi uma véia dizer: "um rapaz tão bom, não merecia isso não". Aí dei meia-volta e abri a porta. Da sala já ouvi o lapt, lapt, lapt. E encontrei... — nesse momento, Vicente teve uma crise de choro — encontrei um magrelo da pombona sentando a madeira em Bárbara e ela achando bom. E ela gostando e ela gostando. Ela me viu primeiro e ele não escapou de levar um soco nas costas. Quando saiu de cima dela, todo troncho, eu dei-lhe outro tabefe que o bicho desmaiou. Será que eu matei ele? — e desabou em nova crise de choro.

Bira respondeu:

— Matou nada, senão a gente já sabia.

— Aí ela se encolheu e baixou a cara. Eu peguei ela pelo queixo, segurei e levantei a cara dela com uma mão só e disse: eu trouxe pinha.

O rapaz deu outra crise de choro.

— O detalhe patético — falou Bira para Fernando, enquanto Vicente criava coragem para terminar de contar a história.

— Aí eu peguei as pinhas, fui tirando e jogando nela, jogando com força, uma por uma, aí fui embora. Encontrei até uns meninos e ouvi uns "coitado". Eu sou um coitado mesmo, um corno safado.

— Corno tu é mesmo — falou Bira.

E Fernando perguntou:

— Eu só não entendi de onde tu tirou as pinhas?

— Eu tava com uma daquelas bolsas bandoleiras. Caralho, Fernando, eu levei chifre e tu quer saber de bolsa?

E Fernando bebeu uma dose de cachaça e contou a história de um dos muitos galhos dele.

Bira fez o mesmo, o que sossegou o leão ferido, que, logo depois, arriou e foi arrastado até um cômodo que a dona do cabaré mantinha muito limpo, para os novos chifrudos dormirem o sono dos touros.

Quando acordou, os amigos o fizeram comer uma cabeça de galo e depois foi só cachaça e história de chifre, e continuou assim até ele ter disposição para comer uma rapariga.

Conforme o costume da capital, a puta responsável por tirar o cabaço do corno deveria receber dobrado dos amigos dele, porque, muitas vezes, o chifrudo ficava violento e batia pra valer.

Nesses casos era preciso que ele permanecesse em tratamento até comer uma mulher sem espancá-la ou pedir para ir embora, quando então, conforme o estatuto da boemia jozebelense, o chifre já teria calcificado e já não doeria tanto, razão pela qual o mais novo integrante da irmandade de São Cornélio poderia ser ressocializado.

Porém alguns amigos mais precavidos só davam alta ao paciente se ele conseguisse ouvir, sem chorar, um disco de Bartô Galeno e, claro, recitar o rondó dos cornos ou cantar a "Canção do corno companheiro".

7

Marcone Edson mantinha uma boa relação com todos os filhos, mas havia alguns assuntos interditos entre eles; no caso de Vicente, era sexo.

Ele não sabia ao certo por que o filho primogênito nunca tinha perguntado nada sobre sexo e, quando já adulto, nunca havia entrado em detalhes sobre os relacionamentos que mantinha.

Talvez porque não aprovasse as inúmeras namoradas com quem ele tentava esquecer a falecida.

Lembrava-se de uma vez em que Vicente o encontrou em um bar acompanhado por uma bela morena e fingiu não vê-lo.

Não era timidez, isso sabia, nem inveja, porque Vicente sempre fora cortejado pelas mulheres, pois em uma cidade em que os homens, usando as palavras do corno-mor das nossas letras, eram Hércules quasímodos ou mestiços neurastênicos, ele sempre impressionou.

Era um meninão e as mulheres tinham uma vontade enorme de niná-lo entre as pernas.

Marcone também não se sentia à vontade em perguntar nada, por isso ficou agoniado quando soube da notícia dos chifres e, mesmo sendo informado, dia sim, dia não, sobre os progressos de Vicente para aceitar a condição de corno, ficava impaciente, mandava mensagens para Fernando, que não respondia.

Porém, no quarto dia do tratamento, Marcone entrou em pânico, pois soube que estava para estourar um arranca-rabo entre as quatro facções criminosas mais perigosas de Jozebela, os Rambo, Os Bala Doida, os Passopreto e a PM, até que se lembrou de Lucas e pediu ao rapaz que procurasse Fernando no bar da Cachada e avisasse que não saíssem de lá até passar a emboança. Ele pagava tudo.

Depois explicou, por alto, por que não ia ele mesmo.

Lucas, que desconfiava que a tradição do "cura corno" não passava de uma invenção, foi, de imediato, procurar Fernando.

Não demorou a encontrá-lo pelo meio da tarde e já sob os efeitos da aguardente de cana. Achou, a princípio, que Vicente estava quase bom e explicou os motivos da visita, depois do que Fernando ponderou:

— Oxe, mas se o cu de boi ainda nem começou.

— É que Marcone disse que começa a qualquer momento e como daqui pro palácio tem que passar pelo Mata-Burro, ele ficou com medo.

— Qual será o motivo da ingrisia? — perguntou Bira; e Vicente completou:

— Será que tem a ver com o Bicho Doido?

— Eu tenho um medo da porra desse Bicho Doido — comentou Fernando.

— Isso não existe, é lorota — falou Bira. — Moro há mais de dez anos em Jozebela e nunca vi doido nenhum atacar gente de bem. Isso não existe.

— Não existe? Existe sim. Tio Marco morreu da última vez que um incorporado atacou — respondeu Vicente e começou a chorar.

Bira, de imediato, recomendou:
— Beba mais uma, beba.
O rapaz bebeu.
Então Fernando se voltou para Lucas e perguntou:
— Vai ficar aqui conosco?
O rapaz não esperava o convite, mas não se fez de rogado.
— Vou.
— Porém, contudo, entretanto, todavia e outras merdas, vou logo avisando que aqui ninguém dorme sozinho.

O rapaz entendeu e pensou consigo: ora, em Roma, faça como os romanos.

Porém, quando chegou a hora do vamo ver, quase se arrependeu, pois teve que se ajeitar com uma quinquagenária.

Acabou encarando e não se arrependeu, pois a mulher, é óbvio, tinha o que lhe faltava: boceta e experiência.

8

Quando, finalmente, Vicente cantou a "Canção do corno companheiro", os amigos ainda tiveram que permanecer no bar da Cachada por três dias, pois as coisas não estavam boas em Jozebela, até que finalmente — foi em um sábado à tarde — as rádios todas tocaram "Bandeira branca", a vida voltou ao normal e Vicente e Fernando puderam retornar ao Palácio do Brega.

A grande novidade que aguardava o poeta, que Rildo não fez questão de contar, mas acabou contando, foi a estreia do grupo Kibombombom, que estava fazendo um estrondoso sucesso.

As visualizações do clipe do Melô do Piripiri já chegavam à casa dos milhões.

Ao ouvir a novidade, Fernando fingiu indiferença e conseguiu resistir à curiosidade por algum tempo, mas dois dias depois de se inteirar da notícia passou boa parte da tarde assistindo ao clipe.

Não saiu para beber e permaneceu a noite inteira de olho no rebolado de Katiuscia, dizendo para si mesmo:

— Essa cachorra parece que não envelhece, tá cada dia mais gostosa.

Às vezes xingava muito, até que, já de madrugada, começou a chorar e a desesperar-se porque tinha que reconhecer, embora não quisesse, embora preferisse não acreditar: ainda amava a bandida.

Sem saber o que fazer, resolveu ir até o quintal para tomar um ar, mas, ao passar diante da porta do quarto de Leticiazinha, bateu e perguntou:

— Posso entrar, Leticiazinha? Você fala comigo?

— Pode, Fernando. Eu vou abrir.

E a menina, quase sem os pudores característicos da mocinha que já era, abriu a porta e viu, pela primeira vez, de muito perto, um homem chorando por amor.

Como não havia onde se sentar, quer dizer, não havia cadeiras, Fernando se sentou na cama; ela encostou a porta e se sentou na cama também.

Segurou as mãos de Fernando e, como via nas novelas, perguntou:

— O que foi, Fernando?

— Leticiazinha, você já se apaixonou?

— Não, Fernando. Eu já achei um menino muito bonito. Mas acho que não me apaixonei não. É como nos filmes?

— É muito pior. Eu tô até agora assistindo o clipe dela.

— De Katiuscia?

— É, de Katiuscia. Eu não gosto nem de dizer esse nome. Da bandida... Você sabe que ela me botou um par de chifres, não sabe? O Brasil inteiro sabe. E ainda com um cantor de axé. Com um cantor de axé!

— Mas isso não faz muito tempo não, Fernando?

— Faz. Faz. Faz coisa de dez anos. Mais de dez. Mas, Leticiazinha, eu não deixei de pensar nela um dia. Nunca disse isso pra ninguém. Pra ninguém. Mas ainda amo aquela bandida. Aquela cachorra. Aquela rapariga safada.

— Ama, Fernando?

— Amo, Leticiazinha. Às vezes eu me arrependo de não ter perdoado. Ela me pediu perdão. Mas eu não perdoei. Aí foi pior, ela foi pros Estados Unidos virar puta. Porque, me diga, Leticiazinha, ela virou atriz pornô... Mas puta é quem recebe dinheiro... Você entendeu, né? Se ela recebe dinheiro pra...

— Entendi.

— Ela é puta, não é?

— É.

— Ela é pior que puta porque todo mundo pode ver a boceta dela. Desculpa, Leticiazinha, eu não devia tá falando isso com você.

— Não tem nada não. Mas se você ama ela, Fernando, por que...

— Amo, Leticiazinha, amo. Acho que joguei minha vida fora. Mas não consigo perdoar não. Não esqueço e não perdoo.

E Fernando foi se deitando, até que deitou a cabeça nas coxas da menina e começou a chorar baixinho, enquanto ela, desajeitada, tentava fazer cafuné nos cabelos crespos dele.

Enquanto isso, Marcone chegou em casa e, quando estava indo para a cama que é lugar quente, escutou um barulho estranho que vinha do quarto da filha, um fungado de homem.

O sangue lhe subiu à cabeça quando pensou que Fernando podia estar se aproveitando da filha dele; por isso foi até a cozinha, depois achou melhor ir até a área de serviço, onde ficava escondido um facão.

Pegou o facão enferrujado e seguiu para o quarto da filha.

Foi se aproximando lentamente, mas, antes de abrir a porta, resolveu olhar pelo buraco da fechadura e o que viu foi Fernando com a cabeça encostada nas pernas da filha, que o acariciava, mas a expressão do homem era de tamanho desamparo que Marcone se lembrou da novidade e entendeu tudo.

Fernando seguia com a venta furada.

Foi então se retirando de mansinho até guardar o facão, com vergonha do que tinha pensado.

Nessa hora, o dia estava amanhecendo e ele foi pegar a comida das aves, como fazia quando estava disposto e chegava mais ou menos àquela hora.

Fez mais barulho que de costume e, quando entrou outra vez em casa, ouviu o "chuvisco" do banheiro do quarto de Fernando.

Seguiu para o quarto da filha e a viu deitada.

Sossegou.

Foi fazer café e, enquanto bebia, Fernando chegou para tomar um copo d'água, depois ia tentar dormir.

O homem parecia pior que um zumbi e disse:

— Marcone, eu quero te pedir um favor.

— Fale, Fernando.

— Venda qualquer show pra mim. Uma temporada, como no Colecionador de Chifres. Eu canto até de graça, se eu não cantar eu morro.

— Tá certo, Fernando, tá certo. A temporada na Cauby tá quase certa, já que não deu certo na Flor de Formosura.

Vou acertar de hoje pra amanhã e você já começa os ensaios. Estava demorando a fechar porque eu queria vender mais caro.

— Eu não sei nem como lhe agradecer.

E foi tentar dormir.

9

No dia seguinte à crise de choro, Fernando não saiu do quarto e agarrou-se ao violão.

Compôs outra música, esta já com letra, que chamou de "Não esqueço e não perdoo".

Quando finalmente saiu para beber, tentou evitar Leticiazinha, que foi atrás dele e o interpelou quase no portão:

— O que foi, Fernando?

— É que eu fiquei com vergonha de ter chorado daquele jeito. Fui te acordar. Te incomodei. E você é uma menina e eu sou um marmanjo. Devia era ter vergonha na cara.

— Você tá todo vermelho.

— Me desculpa, Leticiazinha?

— Não tem problema não, Fernando. Você tá bem?

— Tô, tô, mas agora vou encher o cu de cana.

E seguiu para o bar do Baiano, mas ao chegar lá viu um cartaz com o seguinte texto:

A TRAIÇÃO CONFORME O LUGAR

O paulista: encontra a mulher com outro e vai fazer terapia.

O carioca: encontra a mulher no sapeca iaiá com "Vargulino" e vai se enroscar com os dois.

O mineiro: encontra a mulher com o amante em pleno sacrossanto leito conjugal, e não titubeia: mata o Benedito e continua casado com a mulher porque casamento é pra vida toda, uai.

O gaúcho: encontra a mulher com outro, mata a mulher e fica com o taura só pra ele.

O paraibano: encontra a mulher com o amante na rede, mata os dois e arruma outra no dia seguinte.

O goiano: encontra a mulher com outro na cama, entra em depressão, pega a viola e vai pra rua procurar outro corno pra montar uma dupla sertaneja. **No caminho já vai pensando no nome:** Enganado e Iludido, Cornudo e Corninho, Chifornésio e Cornualdo, Cornélio e Corneta.

O pernambucano: encontra a mulher com outro na cama, incha igual um cururu teitei e grita: "eu quero é que tu se laxque", pega a fantasia no guarda-roupa e vai dançar frevo em Olinda.

O brasiliense: sempre que pega a mulher com outro na cama faz igual político, fica só na promessa: "vou matar esse cara".

O curitibano: quando pega a mulher com outro na cama, não faz nada, pois curitibano não fala com estranhos.

O cearense: quando pega a mulher com outro na cama, diz na maior felicidade: "Frasque não. Cabra macho da porra. Pensei que só eu tinha coragem de comer uma desgraça dessas".

O sul-mato-grossense: quando pega a mulher com outro, arranca o chifre, faz uma cuia e vai tomar tereré.

O baiano: não faz nada, porque esse negócio de pegar arma, correr atrás de gente, bater em mulher, matar amante, dá um trabaaaalho... dá uma canseeeeeeeeeeira. Dá um sooooooono. Ô, meu pai! Deixe queto.

O jozebelense: quando vê a mulher com outro fica espumando de raiva, sai correndo e vai procurar Fernando Saymon no bar do Baiano pra compor um brega.

Fernando não gostou do que leu, foi até o Baiano, de quem não gostava muito, e disse:
— Ô, Baiano.
— Oi, Fernando.
— Vá pra puta que o pariu seu filho de uma vaca velha, de uma rapariga de oitocentos machos. E enfie essa merda de bar no olho do cu, que eu nunca mais bebo aqui.
E foi embora.
Depois de passado o estupor, o Baiano disse para si:
— Eu acho que ele não gostou da brincadeira do cartaz.

10

A noite de estreia de Fernando Saymon na boate Cauby foi analisada por Jean-Pierre di Parisi, cronista da noite, do seguinte modo:

Sou obrigado a confessar, caminho a passos largos para a senilidade completa e absoluta, apesar dos esforços em contrário promovidos pelo Doutor Kalil, meu geriatra.
Sim, geriatra.
Não há por que esconder a idade se não é possível esconder as rugas.
Estou no ocaso da vida.
Mas todo esse chove não molha é porque ainda reluto em confessar que assim que soube que o animal cantante Fernando Saymon, o poeta do brega, (sinceramente) iria estrear uma temporada na boate Cauby, reservei logo um lugar para a primeira noite; e na última quinta-feira, às 22 horas, estava, acompanhado por alguns amigos, diante do palco, aguardando ansioso o espetáculo do ídolo das fernandetes.
Isso mesmo, as admiradoras de Fernando Saymon são chamadas de fernandetes e chegaram aos magotes de Recife, Maceió, João Pessoa, Natal, Fortaleza e até de Belém do Pará e São Paulo da borda do campo de Piratininga, o que tornou ainda mais belas as cidades de onde partiram.
Mesmo assim, o público feminino não chegou a ultrapassar o masculino, de quase todas as idades.
Entretanto, tergiverso ainda uma vez.
Vamos lá.
Na hora marcada para começar o show, sem atrasar um minuto, Fernando Saymon atacou os sucessos de sempre.

Como a Cauby não é o bar Colecionador de Chifres, a voz do cantor se fez ouvir com maior nitidez, o que foi uma pena.

No entanto, a desafinação de sempre foi compensada pela entrega, pela sinceridade com que o artista (que Deus me perdoe) cantou os mais variados tipos de amores infelizes.

Depois Fernando Saymon fez praticamente uma declaração de amor ao português que, nas palavras dele, revelou a alma do Brasil aos brasileiros, e cantou alguns sucessos do grande (só se tivesse 1,90 m) Adelino Moreira: "Negue", "Fica comigo esta noite", "Flor do meu bairro", "Seria tão diferente", "Tenho desejo" e "Calendário".

E, por fim, quando todos esperavam uma surpresa, houve uma surpresa mesmo — ele disse que tinha voltado a compor e cantou um sucesso instantâneo: "Não esqueço e não perdoo".

Ouvi que a canção tem endereço certo, os ouvidos, a cabeça e o coração de uma rainha do rebolado que, depois de encantar os norte-americanos, voltou ao Brasil e parece que, mais uma vez, despertou os rancores do poeta.

A canção, em uma palavra, é brega.

Mas me tocou de uma maneira que eu não acreditava que fosse possível.

Não há nada de original, de arrebatador, de inusitado, nem na melodia nem na letra de "Não esqueço e não perdoo"; mesmo assim, há alguma coisa na canção que me fez entoá-la quando o artista, em razão dos reiterados pedidos da plateia seduzida, a repetia pela terceira vez.

O show foi... bastante agradável, porém se algum dia eu me declarar fã de Fernando Saymon, por favor, me levem até o Juliano Moreira ou mandem me prender na casa das sete trancas.

Porém, feita esta ressalva, não poderia mentir ao meu público sobre o que senti, público que não enganei durante mais de cinquenta anos e mil milhares de escritos: o show foi, realmente, bastante agradável.

Por fim, soube que o poeta, homem imprevisível, não recebeu ninguém no camarim.

É uma criatura atormentada e conforme confidenciou-me FBMR, grande admirador do artista e homem a quem não falta bom senso, faltam incisivos, caninos, pré-molares e molares, mas bom senso não, o poeta vive em razão da bondade dos amigos, da música e do álcool.

E, arrisco-me a dizer, talvez de um amor contrariado.

E paro por aqui para não ter a mesma sorte daquele macaco albino que os jozebelenses não se cansam de assistir durante as tardes de sábado.

11

Em Jozebela quase tudo é possível.

Até um castelo cor-de-rosa, construído em uma ilha para atender aos caprichos de uma bem-amada.

Aconteceu por volta de 1920, quando um dos muitos turcos loucos que tanto fizeram pela cidade resolveu erguer o mimo para satisfazer a amante. Ele, que já era dono da ilha, da ilhota de Itarana, mandou erguer o castelo com as pedras do antigo fortim, primeira construção do lugar.

Quase terminou.

Não terminou porque a bem-amada fugiu para Paris com um cantor de tango, onde morreu tísica pouco antes da segunda grande guerra.

E assim poderia terminar a história do castelo, mas...

No ano da graça do senhor de 1959, o magnata da aguardente de cana Florípedes Agra Cavalcanti terminou de erguê-lo, porém antes de habitá-lo com uma ninfeta magra como um gafanhoto, feia como um desastre e fogosa como vaca que não pariu ainda, morreu e ninguém quis se apossar da construção à qual estava indissociavelmente ligados um chifre e uma morte.

Até que...

O juiz Demóstenes Cavalcanti de Albuquerque adquiriu o elefante branco, ou melhor, cor-de-rosa, e deu o que falar.

Conhecido como Bigorrilho (entre os pares e os cidadãos bem informados de Jozebela), Mozão (desde que foi divulgada uma lista elaborada pelo departamento de não contabilizáveis de uma grande empreiteira) e Luís da Baviera (quando se tornou público e notório que ele não só tinha adquirido o castelo, como pretendia restaurá-lo), o juiz logo ganhou todas as manchetes.

Porém, como não se pode comer como pinto e cagar como pato, a pergunta que não queria calar era: com que dinheiro ele tornaria habitável o castelo?

Ou melhor, os jozebelenses queriam saber como ele explicaria o gasto, pois o dinheiro todos sabiam de onde vinha, uma vez que o juiz era um magnata da venda de sentenças e nesse mister só perdia para Joaquim Toscano Batista Pereira, conhecido como juiz madrugador ou apenas Madrugador, campeão da venalidade.

O Madrugador é um sujeito posudo, que há muito tempo engoliu o diabo sem cu e por isso tem sérias dificuldades para evacuar e vive bufando pela boca, como se tivesse nojo do mundo.

Bigorrilho não.

Bigorrilho é o corrupto de estimação da cidade.

O vídeo em que ele, compungido, afirmou que comprou a ilha e está, aos poucos, restaurando o castelo à custa de anos de economia, para satisfazer o sonho da mulher que sempre amou, corre o mundo.

A mulher é uma das mais afamadas alcoviteiras de Jozebela — embora não se sente na mesma mesa de Dandré, Mary Corner e Cabelo de Anjo — e atende por Suely das Rosas ou Cinderela, com quem Bigorrilho se casou em segundas núpcias depois, é óbvio, da morte da primeira esposa, Ermínia Boaventura, mulher tão feia e austera quanto a própria morte.

E como o povo de Jozebela aposta sobre qualquer coisa, já correm apostas a respeito de qual desgraça se abaterá sobre Bigorrilho quando se mudar para o castelo cor-de-rosa.

Os três palpites mais frequentes são: infarto, chifre e cadeia.

12

A canção "Não esqueço e não perdoo" tornou-se sucesso instantâneo e choveram convites para que Fernando Saymon gravasse, mas ele não gravou, o que não impediu a crescente popularidade da roedeira, que correu o Brasil.

Katiuscia ouviu e não pôde refrear um xingamento:
— Idiota.

O pastor Carlos das Aleluias não gostou de tamanho sucesso. Ele que continuava sendo contratado para shows e convidado para programas de televisão, mas não suportava mais ter que responder sobre a relação que mantinha ou não mantinha com o irmão.

Sempre que ouvia a pergunta, baixava os olhos compungido e dizia:

— Iranildo é refém de um diabo. O diabo do alcoolismo.

E por falar "alcoolismo" com voz embargada, ninguém perguntava mais nada sobre Fernando, mas ele ficava irritado o resto do dia e o outro também.

Por isso o pastor estava procurando uma maneira de prejudicar o irmão, razão pela qual se inteirou pormenorizadamente sobre o que havia acontecido entre Katiuscia e Fernando e, depois, em uma noite de rara inspiração, compôs o "Melô da roedeira", cujo refrão é:

Todo chifre pra corno é pouco
É pouco, é pouco, é pouco.

E logo após participar de um programa de televisão com as beldades do Trio Kibombombom, em que fez um esforço quase sobre-humano para não pôr reparo demais em tanta opulência, conseguiu falar a sós com Katiuscia para tentar convencê-la a gravar o melô, que era claramente tanto uma resposta a "Não esqueço e não perdoo" quanto uma ofensa a Fernando Saymon.

O pastor usou de toda a lábia que aprendeu para dar uma aparência de reprimenda à infâmia.

Katiuscia ouviu tudo com paciência, mas já tinha vivido o suficiente para acreditar em bem-intencionados, de modo que foi respondendo ao pastor com monossílabos.

O pastor às vezes se entusiasmava com os próprios argumentos, às vezes quase desistia, até que Katiuscia se cansou da brincadeira de assistir a mais um espetáculo de degradação humana e cuspiu na cara dele, que passou a mão no rosto e foi embora vexado, sem falar com mais ninguém.

Baby Face perguntou o que o pastor queria fazer de tão feio para merecer uma cusparada, mas Katiuscia se limitou a dizer que tinha a ver com o irmão dele, cantor de brega, que, por mais que quisesse, ela não tirava da cabeça.

13

O pastor Carlos das Aleluias chegou à igreja enfurecido.

Desde que tinha se separado da mulher vivia na igreja, na realidade em um anexo da igreja, porém não se dirigiu ao quarto onde dormia, mas ao "inferno", cômodo onde ele esconjurava o diabo, para quem quisesse ouvir e, reservadamente, também assistia a vídeos pornográficos e usava as redes sociais, com diferentes pseudônimos, para convencer meninas, moças, mulheres e velhas a experimentarem a "vara de Araão".

Naquela tarde ele estava decidido a publicamente esconjurar o diabo, mas na verdade ia era brigar com Deus, com Jesus Cristo e com o Espírito Santo, embora não acreditasse na Santíssima Trindade.

Para brigar, desenvolveu uma nova língua, quer dizer, estropiava as palavras, e dizia que "falava a língua dos anjos" e assim podia, sem escandalizar ninguém, brigar com Deus, xingá-lo dos piores nomes por nunca ajudá-lo; por ter permitido que o irmão mais novo vivesse a vida que devia ser dele; por estar sempre a reboque do irmão, sempre destinado a tornar-se o irmão de Fernando Saymon.

Por isso, naquela tarde, todos que chegavam à igreja iam ouvir a fúria e a fé do pastor, confrontando o diabo.

Mas era Cristo que ouvia poucas e boas, que só não era chamado de santo.

Dessa vez o pastor chegou a mandar Cristo enfiar a cruz no olho do cu e sair quicando.

Em seguida, e naquela tarde e início de noite, não foi diferente: Ivanildo se arrependia, chorava e batia a cabeça pelas paredes.

Por fim, quando acabava a inusitada sessão de descarrego, tomava um banho frio, pedia para irmã Severina preparar um leite quente, bebia e dormia como um bebê.

Foi o que fez.

14

Rildo estava namorando; por isso, embora não esquecesse Fernando Saymon, quase não parava em casa, onde Lucas se inteirava da vida do poeta do brega.

Também não acompanhava mais Fernando ao bar — agora o bar de Teotônio — com a mesma frequência. Razão pela qual Bira ou Lucas faziam companhia ao poeta.

Naquela tarde, Fernando estava calado, apenas bebia enquanto Lucas bebericava porque percebeu o óbvio: se acompanhasse Fernando Saymon na cachaça perderia prováveis vinte anos de vida.

Foi quando se aproximou um caboclo bem vestido que puxou uma cadeira, enquanto perguntava:

— É tu o cantor de brega?

E ao se sentar deixou que Fernando percebesse o revólver. Lucas só percebeu depois.

— Sou.

— Eu tenho uma história pra te contar.

— Pois conte.

Pediu um copo, pois a garrafa de cachaça estava na mesa. Bebeu uma dose e depois disse:

— Sabe onde fica o Três buraco?

— Sei não senhor.

— É um cabaré de Batateira, onde eu ia farrear, até que me enrabichei por uma rapariga de lá. Montei casa pra ela, depois casei. Porque lavou tá novo, não é mesmo?

— Pra mim nem precisa lavar.

— Casei. Casei ouvindo as músicas do senhor. Ela era doida pelo senhor.

— Morreu? — perguntou Lucas.

O homem olhou o rapaz como se dissesse: de onde saiu esse gordo? Não respondeu e voltou a olhar diretamente para Fernando.

— Vivi feliz com ela, até que Gracinha entrou para um fã-clube e começou a sair com um viado safado. Eu deixava porque era viado.

E ficou em silêncio.

Fernando não estava nem um pouco interessado na história, mas perguntou assim mesmo:

— E daí?

— Daí que o viado não era viado.

— E o senhor é corno.

Ele botou o 38 em cima da mesa e disse:

— Se eu fosse o senhor respeitava um homem armado.

Lucas suava em bicas enquanto torava prego.

O poeta estava calmo.

Bebeu outra lapada de cachaça e disse:

— Eu tenho uma coisa pra dizer ao senhor.

— Então diga — respondeu o matuto com ar de desafio.

— Tu é um corno safado e se tua mulher te botou um par de chifres não foi por minha causa não. Agora deixa de banca e vamos beber.

O homem trincou os dentes, fez um careta, colocou a mão em cima do revólver e, em seguida, se pôs a chorar.

— E guarda essa merda que eu não gosto de arma.

Ele guardou e Fernando começou a consolar o corno:

— Em Batateira o cabaré que eu conheço, conhecia, que já não existe mais, era o Maria Me Dá Que Eu Pago.

— Frequentei esse também. Foi lá onde eu conheci mulher, compreendeu?

— Compreendi.

Lucas se levantou e os dois, que tinham esquecido do gordo e conversavam como se estivessem sozinhos, tomaram um susto e olharam o rapaz, que disse:

— Vou limpar o rabo.

Os dois riram.

Seis horas depois deixaram o bar em condições deploráveis.

Fernando e Lucas acompanhados de Vicente e o outro corno, que se chamava Alberico, na companhia de um irmão, que desde às duas da tarde ia de bar em bar com medo de que o caçula fizesse mais uma besteira.

15

Quando não aguentava mais, Fernando abria o coração para Leticiazinha e depois ficava mais sossegado, porém certas coisas ele não podia contar à menina; por isso, naquele início de noite, enquanto bebia calado e Lucas comia uma montanha de macaxeira com carne de charque, o poeta falou:

— Vou te dizer uma coisa.

O rapaz fez que sim com a cabeça, mas não tirou os olhos do prato.

— Eu ainda amo Katiuscia.

Lucas pensou: "e quem não sabe disso", mas levantou a cabeça e respondeu:

— Ama mesmo?

— Amo. Nunca amei ninguém como ela e só senti um prazer parecido quando meio que comi Ricardina, que foi mais ou menos a minha primeira mulher. Quer dizer, não foi, é complicado...

Lucas esperou.

— Vou lhe contar, senão meu coração pipoca, senão arrebento. Não tem um dia que não pense nela. Agora que ela voltou é que penso mesmo. Antes pensava só no que a gente viveu junto. Não pensava em putaria. Não sentia desejo, mas agora vivo vendo aqueles clipes e batendo punheta como se fosse um menino.

O rapaz ia perguntar se ele nunca tinha visto um dos filmes dela, mas teve medo. Ele riu, adivinhou e disse:

— Não vi nenhum filme dela. Você viu, tenho certeza. Todo mundo viu. Eu não. Mas eu já comi ela, conheço. Conhecia cada prega daquele cu. Dia desses lembrei de uma vez. Não sei se foi de propósito. Quando entrei em casa, ela... ela, ela tava toda espichada, tentando pegar alguma coisa na estante da sala. E isso com um vestido de onça e uns sapatinhos amarelo-limão. Como estava na ponta dos pés e o vestido era pequeno, dava pra ver as bochechas da bunda. Eu não resisti, comecei a lamber a bunda dela ali mesmo...

Depois riu e disse:

— Se eu descobrir que teu pau tá duro te dou uma surra.

— Eu prefiro loiras peitudas.

— Aquela foi uma noite de égua e cadela.

O rapaz quis perguntar o que era uma noite de égua e cadela, mas não perguntou nada e Fernando continuou:

— A bunda dela é mais bonita que um gol de Pelé, que um prato de carne de sol com macaxeira, que a praia dos Sete Coqueiros. Às vezes eu penso que devia ter ficado com ela. Ela me pediu perdão depois do acontecido.

— Ela se comoveu com as canções?

— Não, é uma mulher de coração cruel. Quando eu disse "eu te amo", pela primeira vez, ela riu na minha cara. No começo eu fiquei com ela porque era bom... Por que ela amava como uma gata de rua. Bonito, não é? Ela ama como uma gata de rua. Fiz uma música com esse verso pra ela... Não lancei porque todo mundo ia saber que era pra ela. Pra quem seria? Um dia cantei. Ela ouviu e gostou e deu pra mim com vontade. Como dizia Luiz Gonzaga: a melhor coisa do mundo é mulher querendo.

— Ela é osso duro de roer então.

— É, mas é porque judiaram muito com ela. Não conto porque não tem por quê, mas Katiuscia teve uma vida sofrida antes e até depois de entrar na banda de forró. Ela acha que todo mundo quer comer o rabo dela e quer mesmo. Mas acho que ela foi abusada, como se diz hoje em dia. Não sei se pelo pai, pelo tio. Irmão ela não tem. Mas acho que foi isso. Não sei se foi, mas desconfio. Acho que até ela ver o estado em que eu fiquei quando descobri o chifre, Katiuscia não acreditava que eu tinha amor por ela, amor de verdade. Depois me pediu perdão. Eu devia ter aceitado. Mas só vinha na minha cabeça aquele cantor de axé comendo ela. Se fosse pelo menos Anísio Silva, eu tinha perdoado.

Sorriu amarelo e depois disse:

— Tá bom, vamos beber, gordo safado.

Encheu meio copo de cachaça e bebeu sem fazer careta.

Naquele dia, antes de dormir, Lucas foi procurar os muitos vídeos em que Monika Milk-Shake atuava. Escolheu o primeiro cuja descrição começava com Huge Ass.

Começou a assistir, mas se lembrou da cara de Fernando; e antes de ficar de pau duro, broxou, se é que isso é possível, e foi tomar banho.

Não gostava de loiras peitudas, nem de morenas bundudas, gostava de negras e mulatas de pernas compridas e coxas possantes e de magricelas brancas e dentuças, mas aquela noite apenas dormiu se perguntando se um amor de verdade é uma benção, uma maldição ou só um motivo para beber.

Acordou todo cagado.

Tinha comido demais.

16

Para esquecer Katiuscia por algumas horas, Fernando combinou com Bira de assistir a estreia do novo pastoril do velho Calangavaca.

Lembrou-se de Lucas e pediu a Bira que comprasse mais um ingresso, mas se esqueceu de convidar o rapaz, de modo que se não fosse uma coincidência, Lucas não teria ido.

A coincidência foi Leticiazinha não ter faltado à escola. Quando voltou, Fernando foi abrir o portão enquanto Lucas voltava do apartamento de Rildo e passava em frente ao Palácio do Brega.

Fernando o chamou e fez o convite.

O rapaz aceitou.

Jantou em companhia de Fernando e Leticiazinha; e Vicente ainda não tinha chegado quando Bira veio buscá-los para fazer hora em algum bar do centro até se aproximar a hora do espetáculo.

O bar escolhido foi o Cu do Padre, em Alcaçuz.

Lá, enquanto bebiam cerveja porque, como dizia Bira, embora já de noite, estava tão quente que o suor estava descendo pelo lascão da bunda, Lucas perguntou:

— Mas como é que uma peça estreia em uma segunda-feira?

Bira respondeu:

— Meu jovem, tu vive aqui há quanto tempo?

— Vim fazer faculdade.

— Conheceu vestibular?

— Na minha época já era Enem. Faz uns sete anos que moro aqui.

— É praticamente um recém-chegado. Essa cidade...

— É cu, é cu, Gordo.

Fernando falou e começou a rir e Bira explicou:

— Não é bem uma peça, quer dizer, é uma peça, um pastoril, embora seja um pecado chamar as indecências do velho de pastoril.

— É um Tira-e-Vira.

— É o quê? — perguntou o rapaz.

— É uma peça safada em que as mulheres tiram a roupa e a gente fica de pica dura. É uma pena que na estreia, que é sempre em uma segunda-feira, não me pergunte por quê, as atrizes fecham o balaio, dizem que se abrir dá azar.

— Mas vale a pena assim mesmo. Não sei onde o velho Calangavaca arranja tanta mulher boa.

E não falaram mais no assunto, até que, às dez horas, caminharam para o Teatro Recreio, um dos mais antigos da cidade.

O caminho até as imediações da casa de espetáculos estava quase deserto, mas a rua do teatro estava bem movimentada.

Havia ambulantes vendendo de um tudo: jambo madurinho, siriguela daquela, até pomada para hemorroidas e fortificante para restaurar as forças do homem.

A fauna humana era das mais variadas.

Porém, quase não havia mulheres e as que havia cuspiam no chão e brigavam com qualquer um.

Os três entraram na fila e antes de entrarem no teatro foram revistados. Quando finalmente entraram, uma loira de tirar o fôlego, que era travesti, recolheu os celulares, nos quais colou uma etiqueta com o nome do proprietário, depois, com um sorriso, autorizou a entrada na sala de espetáculos propriamente dita, e se despediu dizendo:

— Não vão melar a cueca.

Depois completou:

— Meninos, não pode bater punheta durante a apresentação. É feio e mamãe não gosta.

Quando finalmente o espetáculo começou, um velho safado chamou a Diana, uma mulher jovem, mas não tão jovem quanto as tranças tentavam fazer crer e, diante dela, que se escandalizava com tudo e pedia explicações desnecessárias, contava piadas. Ela o interrompia no momento certo e perguntava, por exemplo:

— Caracu? O que é caracu? Um peixe? Boquete eu sei o que é: é uma raquete em forma de boca.

Portanto, era desse jeito que o velho ia contando vulgaridades de fazer corar marafonas.

Depois da sessão de piadas e anedotas obscenas, o menestrel da safadeza chamou ao palco os jurados, que arrastavam a própria cadeira e, por fim, as coristas: eram dez mulheres, cinco do cordão azul e cinco do cordão encarnado, cada uma mais gostosa que a outra.

Eram negras, mulatas, morenas e loiras; e havia até uma japonesa, mas todas bundudas, algumas peitudas também, mas bundudas eram todas e aí começou a segunda parte do espetáculo.

Cada um dos cordões apresentava uma dança e, se os jurados botassem defeito, elas tinham que tirar uma peça de roupa.

Os jurados eram um coronel que aprovava todas as coristas; um professor que implicava com um movimentozinho errado que fosse; um mudo, que só levantava uma placa com as palavras: "Estou sem palavras"; um fanho que só dizia "Icha oa da orra"; — e Jiraya, uma bichona que punha defeito em tudo e fazia as coristas se despirem mais depois de cada apresentação.

Primeiro elas dançaram o lundu, depois o coco, depois o samba, o samba-coco, a lambada; e quando chegou a vez de dançarem na boquinha da garrafa estavam quase nuas.

Só não estavam nuas porque o velho não deixava.

Na verdade, estavam nuas sim, mas não se desfaziam de um acessório qualquer: uma flor no cabelo, uma tiara, um colar, uma pulseira, um band-aid no calcanhar...

A última apresentação foi um funk: "Cai de boca no meu bocetão".

Por fim, o velho Calangavaca, ao se despedir, "rezou" a oração do cu-pido e mandou que todos rezassem um terço quando chegassem em casa, e ainda ameaçou:

— Se não rezarem vão tudo pro inferno, onde não falta cão e tudo do rabo grande, mas sem buraco, sem buraco.

Lucas ficou realmente impressionado e escreveu um artigo sobre o novo pastoril de Calangavaca, intitulado "Mexe que o véio gosta", que ele explicou como uma história do Brasil, contada a partir do rebolado.

Houve quem o acusasse de escrever ficção.

Esses não conheciam Jozebela, pois antes de "Mexe que o véio gosta" fizeram sucesso os pastoris "Tem culpa eu", "Culto a Baco" e "Cubatão".

17

Alguns dias depois de assistir "Mexe que o véio gosta" Lucas conseguiu descobrir algumas novidades sobre o grupo Kibombombom, por isso quase foi, naquela quinta-feira, mais uma vez, ao show de Fernando, para encontrá-lo na saída, mas acabou achando melhor dar a boa-nova no dia seguinte.

Como em dia de show, quase sempre, Fernando bebia cedo, para dormir antes do show, ou só bebia depois de cantar, Lucas foi procurá-lo no Palácio do Brega e foi lá que contou as novidades:

— Então, qual é a novidade?
— A primeira é que o grupo não vai durar muito tempo.
— Não?
— Não, elas vão cantar por um ano ou dois e depois passar o repertório para as sobrinhas, que já escolheram até nome artístico, vão ser Docinho, Lindinha e Florzinha.
— Deve ser cada bicha boa da porra. E a segunda?
— Elas vêm fazer um show aqui.
— Aqui, aqui mesmo?
— É. Um show em Jozebela.
— Onde?
— Na boate da moda.
— E qual é a boate da moda?
— A Cipango, ali pertinho do Hotel Ambassador.
— Isso é em Malibu.
— Pois é.
— Vai ser show pra gente rica.
— Elas tão fazendo muito sucesso.
— Então a putaria vai ser grande. Quando é o show?
— Dia 5 de setembro. Quer ir?

— Quem sabe eu não vou ver aquela bandida de perto. Ainda tem tempo pra eu decidir.

E como já estava ali mesmo, Lucas ficou fazendo hora e acompanhou Fernando ao show daquela noite.

Durante o espetáculo o poeta esteve pouco comunicativo, mas cantou muito bem.

Lucas nunca o tinha ouvido tão afinado; e como Fernando sempre procurava fazer uma coisa diferente em cada show — mesmo cantando quatro noites por semana —, embora nem sempre conseguisse, cantou, com raiva, "Flor do mal", grande sucesso na voz de Vicente Celestino:

Oh, eu recordo-me ainda, deste fatal dia
É, disseste-me, Arminda, indiferente e fria.
— És o meu romance enfim, Senhor, basta
— Esquece-te de mim, amor

Por quê? Não procuras indagar, a causa ou a razão?
Por quê? Eu não te posso amar? Não indagues não,
Será fácil de esquecer. Prometo, minha flor,
Não mais ouvir falar de amor.

Amor, hipócrita fingido coração
De granito ou de gelo, maldição
Oh! Espírito satânico, perverso, titânico chacal
Do mal, num lodaçal imerso

Sofrer, quanto tenho sofrido, sem ter a consolação
O Cristo também foi traído
Por quê? Não posso ser então, não

Que importa, o sofrer ferino
Das coisas é ordem natural, seguirei o meu destino,
Chamar-te, eternamente, Flor do Mal.

E até hoje, há quem não esqueceu.

18

Fernando estava com saudade de Rildo, razão pela qual tentou falar com ele por telefone e não conseguiu. Foi ao apartamento dele e não o encontrou, até que, em uma terça-feira, quando fazia o cooper vespertino até o bar, encontrou Lucas, que vinha do apartamento de Rildo.

Lucas contou a Fernando de onde vinha e o poeta perguntou se Rildo estava em casa:

— Está.

— Tu tá fazendo o que mesmo com ele?

— Tô checando umas informações sobre Sandro Paulo.

— Ah, mas não é tu que tá comendo o cu dele não, é?

— Não. O que eu gosto ele não tem pra me dar.

— Tu já visse o macho dele?

— Não. Quando o boy, como ele chama, vem visitar, ele me manda embora.

— Quer dizer que o comedor deve tá lá?

— Deve, quer dizer, é possível.

— Vamo lá?

— Rildo pode não gostar.

— Eu conheço ele há tempo. Ele não liga, esse esconde--esconde é só frescura mesmo. A gente vai lá e depois eu bebo e tu come. Tu tá precisando se movimentar, perder peso, essas coisas. Bora?

Lucas concordou.

Antes não o tivesse feito, pois quando se aproximaram da porta do apartamento de Rildo ouviram a gritaria e depois Rildo soluçando, enquanto uma voz de homem metido a malandro xingava.

Fernando falou:

— Vamo arrombar essa merda.

— Peraí, eu tenho a chave — disse Lucas.

Mas Fernando se aproximou e entreabriu a porta, depois falou o óbvio:

— Tava só encostada.

Entrou.

Lucas o seguiu dois passos atrás.

Na sala, Rildo estava sentado, vestido de camponesa, agarrado com uma almofada, chorando.

Quando ergueu o rosto, estava de beiço partido.

O homem, magro, alto, bigodudo e com mais dentes que Freddie Mercury xingava tanto que demorou para perceber que duas pessoas tinham entrado no apartamento.

Até que Fernando gritou:

— Que porra é essa?

O homem, que estava em pé, de frente para Rildo, virou-se, caminhou para Fernando, que caminhou para ele.

Os dois ficaram no meio da sala, se encarando, então o homem disse:

— Que porra é essa digo eu. Passa fora daqui, que esta é uma propriedade particular, tá sabendo? Fora. Fo-ra. O que foi? Ah, devem ser dois frescos: o magro e o gordo. A bicha balão e a bicha esqueleto. Ou um de vocês tá comendo o cu dessa desgraça aí. Vamo, fala? E que cantiga é essa? Tu é um cu de cana. Um cu de cana. Se tivesse a fim de comer teu cu, meu pau ia ficar de ressaca.

Olhou pra Lucas e disse:

— Não me olha assim não, gordo nojento. Não gosto de gordo, mas meto no teu cu também. Fora. Foraaaa. Eu vou dá uma surra de cinto nos três. A começar por tu, cu de cana.

E foi tentando tirar o cinto, quando Fernando saiu do estupor em que se encontrava e deu uma cabeçada no peito do magrelo, que caiu se contorcendo de dor.

Fernando pulou em cima dele e desceu o braço.

Foi cacete.

O magrelo só era valente na língua.

Fernando bateu tanto que Lucas o agarrou por trás, pelos braços, e gritou para o varapau:

— Pega o beco, filho da puta.

O homem se levantou, encarou Fernando com raiva, e disse:

— Tu me pegou desprevenido, senão eu te quebrava todo, otário.

Rildo, que chorava, teve uma crise de riso e Lucas soltou Fernando. O poeta logo acertou um soco bem no olho do valente que, reunindo as últimas forças que tinha, deu um pinote e saiu se arrastando, mais troncho do que carreira de pato. Quase não acerta a porta.

Foi o magrelo sair e Fernando cair na gargalhada.

Passado algum tempo, Rildo foi até a janela, no que foi seguido pelas visitas.

E gritou:

— Ô, home frouxo.

Mas o homem não se virou e seguiu caxingando até desaparecer de vista.

Então Rildo saiu da janela e Fernando perguntou:

— E aí, vamo sair pra beber?

— Com essa cara inchada, jamais. Mas se quiser a gente pode beber aqui mesmo, tem cachaça da boa e eu ainda preparo iscas de anchova.

— Que caralho é iscas de anchova?
— Cambimba.
— Então a gente fica, né não, Gordo?
— É.

E Lucas começou a rir, relembrando a cena, até que Rildo disse:

— Eu vou contar a ele?
— Tá certo.

Fernando olhou para um e para outro e perguntou:

— Tão trocando os ilinoi?
— Não, Fernando, eu convidei ele pra me ajudar a escrever a tua biografia.
— Ah, e por que não me disseram?
— Eu queria contar em uma ocasião especial. Você não se importa, né?
— Não. Me importo não. Mas, Rildo, tu é fresco mesmo, que besteira; e tu Gordo, é tão certinho que nem me contou.
— Eu pedi pra não contar.
— Tá, tá, agora, mudando de pau pra caralho: Rildo, como é que tu apanha de uma desgraça daquela?
— Ah, Fernando, é tão bom tá apaixonado.
— E tu tá apaixonado por ele?
— Não. Mas tava fingindo tão bem. Agora vou ter que arrumar outro amor.
— Como é o nome daquela desgraça?
— Mendoncinha.
— Mendoncinha. Se pego Mendoncinha de novo, ele vai cagar dente pelo cu.
— Eu acho que hoje ele caga uns dois — avaliou Lucas.
— Bora beber! — gritou Fernando.
— Você sabe onde fica a cachaça. Vou fritar os cambimbas, mas eu prefiro pimba de nego.

— Pimba de nego é um peixe? — perguntou Lucas.

— É. Ou tu acha que ele ia fritar pimba de nego? Pimba de nego ele gosta de esconder na loca. Na lagoa do Abaeté.

E daquele instante até os três dormirem por ali mesmo, as piadas desceram a um nível intolerável, menos para quem nasceu ou está se acostumando a Jozebela, a mais estranha das cidades do mundo sublunar, embora, antes de desmaiar, Fernando apenas repetisse:

— Rildo, vou lhe ensinar uma coisa. Preeeste atenção: não trate como peixe de coco quem lhe trata como cuscuz com cambimba. Rildo...

19

E não é que, antes de sair para beber, Fernando começou a assistir programas de fofoca para saber de Katiuscia, pois o grupo Kibombombom estava na moda e sempre havia notícias, especialmente sobre a vida amorosa da mais jovem e mais fogosa das irmãs, que não dava entrevista, ao contrário das outras, que falavam à imprensa marrom para preservar a inesperada estrela do grupo. Mas Fernando estava interessado em qualquer coisa que dissesse respeito à irmã mais velha do trio, por isso assistia.

Leticiazinha também assistia, para fazer companhia ao poeta, rir dos comentários que ele fazia e descobrir o amor quando os olhos de Fernando fitavam as muitas curvas e os olhos grandes da bandida.

Porém naquela tarde o assunto era o Pastor Carlos das Aleluias que, depois de fazer sucesso com a canção "Eu servo do senhor, nova criatura", lançara um single com o ex-cantor de axé recentemente convertido, Léo Pachanca.

A canção, o sucesso, se chamava "Vocês não têm salvação. É muita cachaça e pouca oração", que era uma provocação ao Papa Francisco — autor da frase famosa —, ao Brasil e a Fernando Saymon, claro.

Mas nem precisava, porque assim que o poeta viu e ouviu o irmão cantar na companhia do homem responsável por sua infelicidade, gritou:

— Filho da puta. Filho de uma puta com um soldado de polícia. Filho de uma rapariga de oitocentos machos.

Leticiazinha se escandalizou e disse:

— Fernando, ele é seu irmão.

— Mas é um filho da puta, Leticiazinha, um filho da puta, um filho da puta.

E babava.

— Mas a mãe dele é a sua mãe.

— Ah, Leticiazinha, mas um filho da puta independe da mãe. Tem mais filhos da puta do que putas. Minha mãe não era puta e meu pai não era soldado de polícia. Mas esse é um filho de uma puta com um soldado de polícia.

— Entendi.

— Bira disse que ainda vai escrever um livro: "Tratado geral dos filhos da puta". Agora, Leticiazinha, feche os ouvidos que eu vou esculhambar esse corno.

Levantou-se do sofá e, enquanto a figura do irmão apareceu na tevê, xingou tanto que cuspilhava e também fazia gestos obscenos. Segurava os quibas e depois estirava os dedos médios de cada mão.

Em seguida, respirou fundo e disse a Leticiazinha:

— Pode tirar as mãos das orelhas.

A menina tirou, mas enquanto Fernando xingava, ela ouvia tudo e quando o poeta saiu para beber, foi procurar o significado da palavra "infitete" e da expressão "infeliz das costas ocas".

Naquele dia Fernando bebeu mais que de costume, mas não abriu o coração para Rildo, que voltou a acompanhá-lo com mais frequência que Lucas e Bira. Já Vicente, que agora estava com um novo amor, pouco acompanhava o poeta.

Leticiazinha também pesquisou sobre a vida pregressa de Léo Pachanca e descobriu que, depois de fazer muito sucesso como vocalista da banda Vem Neném, nos anos 1990, ele tentou sem sucesso uma carreira de ator de telenovelas, razão pela qual, segundo ele mesmo, entrou nas drogas e, para pagar pelo vício, aceitou protagonizar filmes pornográficos.

A princípio só atuava com mulheres, depois gravou algumas cenas com travestis e, por fim, com homens, sendo o ativo da relação, até que aceitou fazer, e fez, um filme como passivo, "Pau dentro", que se tornou um clássico do cinema gay brasileiro.

Já quanto ao Pastor Carlos das Aleluias, Leticiazinha só encontrou a promessa da ex-mulher, Ricardina, de que publicaria um livro contando quem era o Pastor Carlos das Aleluias.

20

Fernando ainda dormia a sesta quando alguém tocou a campainha.

Leticiazinha foi ver quem era e espantou-se, pois um senhor sorridente, acompanhado por uma senhora bem vestida demais para aquela hora da tarde, queria falar com Fernando.

Estavam protegidos por alguns seguranças. Outros, que a menina não viu, já cercavam a casa.

O homem falou:

— Não me conhece, mocinha?

— Acho que já o vi na televisão.

— Ele é juiz — falou a mulher.

— É. Eu sou o juiz Demóstenes Cavalcanti de Albuquerque.

— O Madrugador?

O homem riu e respondeu:

— Deus me livre e guarde. Em Jozebela todo mundo tem apelido. O povo me chama de Bigorrilho. Não sei por quê.

A menina, como diria Camilo Castelo Branco, acerejou-se e disse:

— Desculpe se o ofendi. Não foi minha intenção.

— Eu preferia ser chamado de Cão do Segundo Livro do que de Madrugador, mas não tem nada não.

E riu outra vez.

— Mas que mocinha educada — falou a mulher, enquanto a menina enrubescia novamente.

— Eu sou Suely. Você está sozinha em casa?

— Estou eu e Fernando. Entrem. Podem entrar.

O casal entrou de braço dado e a menina fez as honras da casa.

Serviu até uma das especialidades de Dona Zefinha, refresco de maracujá, manga e seriguela.

O casal não quis comer nada e, enquanto eles se "refrescavam", a menina foi acordar Fernando.

— Fernando, Fernando, tem um homem querendo falar com você.

Fernando pulou da cama, pois sabia que a menina não ia acordá-lo por besteira.

— E quem é?

— Um juiz, Bigorrilho. E a mulher dele, Dona Suely. São muitos simpáticos. Estão lá na sala te esperando.

— Mas que moléstia esse ladrão quer comigo? Vou colocar uma calça, jogar uma água na cara e já vou.

— Tá.

— Peraí, Leticiazinha. Como é mesmo o nome dele?

— Demóstenes.

A menina voltou para a sala e explicou por que Fernando passava a maior parte do tempo ali e não no próprio apartamento, que o casal já havia visitado em vão. Falou sobre o pai, que tanto o juiz quanto a mulher conheciam, até que finalmente Fernando chegou, um pouco acanhado, porém em poucos minutos já estava se sentindo amigo de infância do casal, que terminou de ganhar o poeta quando rasgou elogios à menina:

— Estou encantado com essa mocinha — falou o juiz.

— Eu também — jurou Suely.

— É a pessoa mais inteligente que eu conheço. Tenho pra mim que ela brincou com os anjos — comentou Fernando.

— Brincou foi muito — completou o juiz. E Fernando continuou:

— Ninguém acredita, mas é minha assessora de imprensa.

A menina corou novamente, outra vez em razão do excesso de elogios, até que Bigorrilho mudou o rumo da conversa:

— Estou aqui pra lhe fazer uma proposta. Eu e minha mulher. A história é conhecida de todos, casamos em segundas núpcias, mas não fizemos festa alguma; porém, agora que a restauração do castelo cor-de-rosa vai terminar, vou dar uma festa, meu amor merece.

E se abraçou à mulher.

— O primeiro beijo que nós demos foi ao som de uma música que você gravou: "Amor perfeito não se faz em uma noite". Nós queremos convidá-lo para cantar na festa.

Fernando abriu um sorriso, mas não disse nada.

— Pago qualquer preço. Pago mais do que pagam a Roberto Carlos.

Fernando abriu outro sorriso e falou:

— Não precisa. Pra vocês eu canto de graça. Estou encantado de fazer parte da história de amor de vocês.

— Não, não, eu pago. De graça não pode ser. Um artista vive de sua arte, mas come feijão como qualquer um, não é, mocinha?

— Eu, se fosse Fernando, também não cobrava. É uma história bonita.

— Mas olha isso, Suely? Não, não, eu pago. Faço questão.

— Então eu não canto — retrucou Fernando, elevando a voz.

Leticiazinha interveio:

— Fale com meu pai que é empresário dele. Já sei. O senhor paga e Fernando doa o dinheiro para o hospital da Beneficência.

— Essa menina é inteligente mesmo... Assim tudo bem, não é, senhores? — falou Suely para os dois homens, que concordaram com a cabeça.

— Tá vendo, minha filha? Homem é tudo igual. Briga até pra fazer uma gentileza. Ô, raça ruim.

Fernando então olhou para Leticiazinha e a menina adivinhou: foi pegar o violão.

Cantou para o casal e ficou acertado o óbvio, que eles é que escolheriam todo o repertório da festa e a tarde foi tão agradável que terminou com Leticiazinha ensinando Suely a fazer o refresco de maracujá com manga e seriguela, que era um dos segredos de Dona Zefinha, e Fernando mostrando as aves que ciscavam no quintal ao juiz, que dizia:

— Eu sou da roça, do interior do mato mesmo; gosto demais de bicho.

Enquanto Fernando se lamentava porque Marcone não estava em casa para mostrar o tesouro do palácio, ou seja, um relicário onde guardava discos, CDs, roupas e recordações de artistas bregas, de Vicente Celestino a Reginaldo Rossi.

Quando finalmente os visitantes partiram, anoitecia.

Vicente, que chegava acompanhado da nova namorada, ainda viu a comitiva do juiz deixando a pracinha em frente ao Palácio do Brega.

O rapaz apresentou a moça a Fernando.

A moça se chamava Jeniffer.

E Fernando, que entendia de chifre, coçou a cabeça e pensou:

— Esse tem vocação.

Já Marcone, quando se inteirou dos detalhes, exultou com a novidade e lamentou "trabalhar" tanto.

21

Estava se aproximando o Jozebrega, o maior festival de brega do Brasil.

A princípio Fernando estava escalado para cantar na segunda noite do evento, que seria realizado no Parque dos Ipês; porém, em razão da crescente popularidade do poeta, os organizadores do festival o transferiram para a última noite, 31 de agosto.

Ele concordou e, ouvindo a opinião de Marcone, Leticiazinha e Mestre dos Magos, escolheu cuidadosamente o repertório e a surpresa; e, como queria fazer bonito, começou a beber menos e ensaiar mais.

Fernando não era de brigar com os músicos, mas brigou e dispensou o guitarrista e o baixista quando Mestre dos Magos adoeceu de gota e não pôde mais participar dos ensaios.

A essa altura, a temporada na boate Cauby já tinha acabado da mesma forma que começou: com sucesso.

Fernando não fazia questão de cantar com a banda do festival, mas queria ensaiar, por isso Marcone contratou a banda cover de brega Los Toros.

O poeta não disse nem que sim nem que não, mas ensaiou com os meninos, aos quais chamava de "magote de maconheiros safados" e gostou.

O vocalista, Touro Negro, assistia aos ensaios e Fernando resolveu incorporá-lo ao show.

Cantaria três músicas em dueto com ele e levaria os músicos para tocar no Jozebrega, mas a verdade é que o poeta estava menos preocupado com o show dele do que com o show do Trio Kibombombom — marcado para 5 de setembro e confirmado mais de uma vez —, pois Fernando Saymon, que já cantara em puteiros, garimpos, estações rodoviárias, circos fuleiros, mercados públicos, adros de igrejas e estádios de futebol, não temia plateia, temia o amor.

22

Na cela onde esperava a audiência de custódia, o pastor Carlos das Aleluias não sabia, mas tinha certeza de que a ex-mulher, ou melhor, a mulher com quem ainda era casado, fora a responsável pelo desastre.

Mas qual foi o desastre?

Bem, ele fora preso em um sítio, onde participava de uma suruba.

Foi até filmado.

Mas como fazer suruba não é crime, a denúncia anônima fora que a festa seria, ou melhor, estava sendo "regada" a muita cocaína e animada por menores de idade.

Menores de idade não foram encontradas, mas cocaína sim, porém o que chamou a atenção da imprensa de todo o país foi mesmo a presença do Pastor Carlos das Aleluias, do também cantor Léo Pachanca, das "irmãs" travestis Lila Pikachu e Lena Picashow, e do anão Cebolinha. A festa contou ainda com a participação de quatro garotas de programa, de um casal de empresários, um vereador e um jumento, razão pela qual a manchete do jornaleco sensacionalista KH foi: "Só faltou Adriano", referência a episódio semelhante protagonizado pelo então famoso futebolista.

O dono do sítio, o empresário Carlos Marcelo, também evangélico, quis resolver tudo na base do "faz-me rir", mas quando descobriu que parte do bate-cu fora filmado tentou reagir com violência e todo mundo acabou preso, que era o que o homem, ou melhor, a mulher por trás do "fraga" queria.

Enquanto esperava a audiência de custódia, o pastor matutava o que diria à imprensa, pois sabia que não permaneceria preso por muito tempo e só achou um caminho: culpar o diabo e o secretário, ou seja, o cantor Léo Pachanca.

E foi o que fez, para surpresa do ex-galã do pagode baiano.

Porém o que mais surpreendeu a todos foi a súplica que o pastor não teve pejo de fazer, aos prantos, depois de culpar o parceiro por ter descido aos infernos:

— Ricardina, eu te imploro. Volta pra mim. Sem você não sou ninguém.

Ricardina, que assistia a tudo sentada no colo do delegado, sorriu e disse:

— Volto, querido, volto sim. Agora tu vai me pagar o novo e o velho.

O pastor Carlos das Aleluias não sabia o que o aguardava; ou melhor, sabia sim, e por isso as lágrimas.

23

O Jozebrega era realizado sempre no Parque dos Ipês e o prefeito queria que o festival, que acontecia tradicionalmente na última semana de agosto, marcasse a reabertura do parque, que passava por um processo de revitalização, por assim dizer.

Porém, conforme, não a oposição de faz de conta, mas o jornalista conhecido por Gordo, que analisou a conta da revitalização, a prefeitura assegurava que a empresa contratada e paga para desobstruir a lagoa do Parque dos Ipês havia retirado 21 mil toneladas de lixo de dentro do cartão postal da cidade, utilizando para o transporte dos resíduos três motos e um Fiat Uno; o prefeito, que ganhou a alcunha de "O Milagreiro", não quis mais falar sobre o assunto e o Ministério Público fez a egípcia.

Portanto, por esses e outros diversos motivos, a revitalização já não estaria pronta na última semana de agosto, de modo que só havia duas saídas: ou adiar o festival e aguentar as críticas da população ou mudar o lugar de realização do evento.

O prefeito achou mais prudente a segunda opção e começou a procurar o lugar.

Muitas sugestões foram dadas: uma das muitas praias; a praça em frente à estação ferroviária; o Parque dos Poetas; o Ermo dos pederastas, ou melhor, Bosque dos Sonhos, também chamado de Riviera, e muitos outros, mas o local escolhido foi mesmo o Parque dos Jambeiros, ou Parque Brancaleone, de modo que Fernando iria cantar bem perto de casa, pois o Parque dos Jambeiros fica no mesmo bairro do apartamento dele, de Rildo, do bar Colecionador de Chifres e do Palácio do Brega, ou seja, o bairro do Mata-Burro, de Brancaleone ou das Malvinas.

Explico.

Em Jozebela, onde tudo é atravessado como cu de calango, todo lugar tem três nomes.

As Malvinas, por exemplo.

O bairro, ou melhor, o lugar que se chamava Mata--Burro foi ocupado primeiro pela matança, ou seja, pelo matadouro público, e, quando o matadouro público foi extinto, por matadouros particulares, que, segundo a voz rouca das ruas, abasteciam a cidade de carne de charque feita de carne de jumento, tornou-se um atalho para os caminhões que seguiam para o porto, período em que passou a abrigar cabarés de última classe e bares, ou melhor, risca-facas como o que um dia foi o Colecionador de Chifres.

No mesmo período um cearense com cara de chinês comprou uma fazenda de recreio nas imediações dos matadouros e montou no lugar um cinema drive-in que logo foi descoberto e muito frequentado pelos galãs de peniqueiras e por magotes de maconheiros, pois o chinês e os filhos só não admitiam menores, todo o resto era permitido; portanto, o Cine Brancaleone logo se tornou ponto de encontro de amantes e criminosos de todo tipo, razão pela qual, se os jambeiros falassem, teriam muito a contar sobre entorpecentes, malas de dinheiro e amor.

Os filhos do cearense, que faziam a segurança do local — era o que se comentava — sofriam de algum tipo de retardo mental e talvez por isso desenvolveram uma habilidade especial para descobrir potenciais "desordeiros", que eram apagados a pau e levados até a praia do Moura, para tomar tenência e pegar destino.

Por isso nunca houve mortes no Cine Brancaleone, homenagem ao filme homônimo de Mario Moniceli, que tanto China quanto os filhos achavam o melhor filme do mundo.

Até que ninguém sabe por quê, China fechou o negócio e vendeu as terras da antiga fazenda de recreio, por intermédio do famoso Zé Honesto. As terras foram compradas, a retalho, pelos novos ricos, que construíram mansões rústicas, e também por empreiteiros, que construíram prédios de apartamentos bastante confortáveis, justo no período em que a Argentina passava vergonha enfrentando os ingleses, por isso há quem chame o bairro de Mata-Burro, de Brancaleone e de Malvinas, embora para a prefeitura o lugar seja designado Gitó, nome da antiga fazenda que, como não servia para plantar nada, virou apenas estação de recreio para os Marinho Falcão, primeiros proprietários do lugar.

24

Antes do show no Jozebrega, Fernando Saymon podia ter comemorado a humilhação do irmão.

Mas não comemorou.

Era homem passional, capaz de dizer coisas horríveis, de brigar, de bater, mas não gostava que judiassem com ninguém e foi isso que Ricardina fez: reuniu toda a congregação que compunha a Igreja do Vau de Jaboque, fundada por ela e pelo marido quando ainda viviam no Maranhão, e pôs o pastor em confissão pública mundial, pois o "evento" foi transmitido para todo o sublunar.

Durante o vexame, o pastor contou todas as pequenas e grandes sordidezes de que se lembrava, ou melhor, de que foi lembrado pela mulher; como traiu e fez sofrer o anjo de candura que por tantas e tantas vezes o salvou do inferno.

Ricardina ficou satisfeita, mas não perdia por esperar.

25

Fernando Saymon, que naqueles dias era a personalidade mais popular de Jozebela, participou ativamente do festival.

Frequentou todas as noites o camarote dos artistas, deu canjas quando convidado e sobretudo reencontrou velhos ídolos e amigos como Balthazar, Nílton César, Oswaldo Bezerra e Agnaldo Rayol.

E no show de encerramento do festival não fez feio.

Não digo que se mantivesse afinado o tempo todo, mas doou-se ao público por inteiro. Cantou com paixão e volúpia. Parecia e era um artista em estado de graça.

Foi um longo espetáculo.

No repertório, os sucessos de sempre e os sucessos não gravados que corriam de celular em celular e de boca em boca depois do já memorável show de Suassuapara, aos quais ele adicionou algumas músicas de que gostava muito, como a indispensável "Noite cheia de estrelas" e também "Pra não morrer de tristeza", "Se meu amor não chegar", "Deslizes", "Na hora do adeus", "A mais bonita das noites" e, em homenagem a José Ribeiro, "A beleza da rosa".

Lembrou-se do amigo e padrinho Maurício Reis e cantou "Aprende, coração" e "Verônica" e quando acabou o show e todos esperavam a surpresa, cantou "Quem sabe?!", a modinha de Carlos Gomes, que ele chamou de "o primeiro brega":

Tão longe, de mim distante
Onde irá, onde irá teu pensamento?
Tão longe, de mim distante
Onde irá, onde irá teu pensamento?

Quisera, saber agora
Quisera, saber agora
Se esqueceste, se esqueceste, se esqueceste
O juramento
Quem sabe, se és constante?
Se ainda é meu, teu pensamento?
Minh'alma toda devora
Da saudade, da saudade
Agro tormento

Vivendo, de ti ausente
Ai meu Deus, ai meu Deus
Que amargo pranto
Suspiros, angústia e dores
São as vozes, são as vozes
Do meu canto

Quem sabe, pomba inocente
Se também te corre o pranto?
Minh'alma, cheia d'amores
Te entreguei, já neste canto

Foi acompanhado magistralmente pela banda Los Toros.

E quando todos acharam que o show tinha acabado, ele pediu o violão e disse:

— Eu não devia, mas como há muito tempo só me sinto feliz no palco e vocês me proporcionaram alegria demais esta noite, vou cantar pra vocês minha última composição. Vocês sabem e, por favor, não me peçam detalhes — falou irritado — que eu amei uma mulher. Como amei aquela mulher, de vez em quando ainda me pego pensando nela e uma vez compus uma melodia, mas não conseguia colocar letra, logo eu que, apesar de Lupicínio Rodrigues, Adelino Moreira, Jair Amorim, Evaldo Braga e Carlos Colla, sou chamado de o poeta do brega. Não conseguia, até que um dia desses me lembrei do meu grande amigo, e esse sim um poeta de verdade, Camilo. Camilo Petrônio Moscoso de Almada e Silves, que um dia me mostrou um livrinho do poeta Juvenal Antunes. Juvenal nasceu no Rio Grande do Norte e viveu muito tempo no Acre. Lembrei de um soneto dele chamado "Fascinação" e roubei uns versos, aí veio a letra inteira.

Então o poeta cantou "Coração sem medo", modinha langorosa que fez muita gente chorar.

O refrão roubado dizia:

És para o mundo a pérfida, a perdida,
Degradada no vício e no pecado.

Para mim és um anjo, imaculado,
Que nunca deixei de amar na vida!

Entre as muitas mulheres que choraram estava a famosa rainha do rebolado, Katiuscia, chamada na América do Norte de Monika Milk-Shake, que havia chegado no dia anterior à cidade e, acompanhada por Baby Face, assistia ao show diante do palco e não no camarote dos artistas.

Houve quem dissesse que o poeta deixou o palco chorando, por isso a mídia reproduziu a história.

Katiuscia não podia garantir se o que os jornais divulgaram aconteceu de verdade, mas poderia contar que, por duas vezes, caminhou até o camarim do poeta e, por duas vezes, desistiu.

Voltou para o hotel e não quis falar com ninguém.

26

Jean-Pierre di Parisi, por força de uma constipação, não foi ao show, mas todos aqueles que foram disseram que nunca viram nada igual, por isso Fernando Saymon foi intimado por Marcone Edson a comemorar.

Ele pagava um jantar, uma festa, uma suruba, o que quer que fosse.

Fernando quis jantar no restaurante do Hotel Ambassador.

Todos que ouviram o desejo do poeta levantaram a sobrancelha, aquiesceram, mas não perguntaram nada.

Ele queria levar Leticiazinha, mas a menina não quis ir, pois não queria ver Fernando sofrer caso encontrasse Katiuscia acompanhada.

O poeta convidou Lucas, Rildo, Vicente e os rapazes da banda Los Toros, que não puderam ir porque tinham show marcado, em razão do sucesso que também fizeram no Jozebrega.

Os rapazes quase cancelaram o compromisso, pois se lembravam com saudades e vivamente da bebedeira homérica da qual participaram a convite de Fernando quando acabou o show do Parque dos Jambeiros, mas não cancelaram porque seria a primeira vez que fariam um show fora do estado da Borborema.

Portanto, durante a noite de 4 de setembro, os cinco homens se sentaram para jantar no famoso restaurante do hotel.

Fernando estava nervoso, pois tudo podia dar em nada e ele não queria ver a bandida de longe no show, queria ver mais de perto.

Se não a encontrasse teria que ir ao show.

Sabia que Lucas tinha guardado os ingressos.

Mas tudo podia dar errado e a "desejada das gentes" não aparecer.

Ocorre que não deu e quando as três belas mulheres entraram no restaurante, acompanhadas por uma bichona esfuziante, o coração de Fernando mudou a pancada.

E não foi apenas o dele, pois Katiuscia, assim que se sentou, olhou para determinada mesa e descobriu Fernando abobalhado, sorriu e começou a pensar em como fazer para domar o teimoso.

Acontece que havia mais gente no restaurante.

Em uma mesa de canto o lutador de MMA, bad boy e desordeiro Roque Rocafuerte, El Malo, punha reparo em tudo, menos na conversa de uma jornalista deslumbrada.

Até que bebeu, sem sentir, uma taça de vinho branco, levantou-se e partiu como um trator desgovernado para a mesa de Katiuscia gritando:

— Traicionera, chuchumeca, puta!

E disse ainda outros mimos.

Diante da mesa acertou um soco em Baby Face, empurrou as irmãs do grande amor de Fernando Saymon e pôs a nocaute garçons e seguranças que tentaram protegê-la.

Então começou a espancá-la.

O poeta percebeu o que estava acontecendo bem antes que os outros; portanto, quando Marcone deu fé, Fernando socava com força as costas de Roque Racafuerte, que se virou irado, deixando Katiuscia desmaiada; e aí o pau comeu.

O poeta resistiu enquanto pôde e até que não fez feio diante de um lutador profissional, mas apanhou muito e só não morreu porque garçons, ajudantes de cozinheiros, seguranças, Vicente, Marcone, Lucas e Rildo quebraram El Malo no pau e depois o amarraram.

Levaram-no para um depósito onde não havia câmeras, e foi ele abrir o olho e receber uma surra de criar bicho, razão pela qual, se a polícia não chegasse, era uma vez El Malo.

O resultado do banzé: muitas contusões e fraturas, e Katiuscia, Roque e Fernando internados na UTI do hospital de Trauma de Jozebela, o popular Socorrão, o que nunca te deixa na mão, seja tu lascado ou barão.

PARTE 3
MINHA SORTE CACHORRA

1

Quando Leticiazinha soube o que tinha acontecido a Fernando, ficou inconsolável. Por isso Marcone pediu aos pais das duas amigas que vez ou outra a menina chamava para passar uma tarde com ela que as deixassem visitar a filha mais vezes, ele mesmo mandava buscar.

Os pais permitiram, mas não concordaram que Márcia e Isabela dormissem no Palácio do Brega por muitas noites seguidas; Jeniffer não ouviu as insinuações de Vicente; e as irmãs da mocinha, que, a princípio, logo se prontificaram a ajudar, ainda mais prontamente se desincumbiram da tarefa, razão pela qual Rildo passou a viver na Marcone House, como ele chamava.

Ivone, que, assim que soube do ocorrido, voou para cuidar do irmão, passava mais tempo no hospital do que no Palácio do Brega e não dava a mínima atenção à menina, que começou a sofrer ainda mais porque, mesmo depois que Roque Rocafuerte havia já se recuperado e voltado aos Estados Unidos, embora com marcas indeléveis de Jozebela, e Katiuscia já andava e não exibia nenhum arroxeado no rosto, Fernando Saymon, o poeta do brega, permanecia em estado crítico. É verdade que já não vivia em "estado de consciência mínima", ou seja, em coma, mas sofria em uma unidade de tratamento semi-intensivo.

Enquanto esteve em coma, alguns fãs ergueram um acampamento diante do hospital. Porém, quando o poeta despertou, desfizeram o acampamento, embora, para ser justo com as fernandetes e os fernandetes, não tivessem deixado de rezar e pedir orações pelo doente e também de azucrinar as recepcionistas do hospital em busca de notícias.

Mas Leticiazinha, que não podia visitá-lo todo dia, achava muito pouco.

Até que, finalmente, depois de tempo demais, o pai chegou com uma boa notícia: Fernando poderia, conforme a equipe médica, sem risco de morte, ser transportado para um apartamento do hospital particular Santa Valentina, o que foi manchete em todo o Brasil.

E lá a recuperação acelerou-se, embora ele ainda parecesse um boneco de gesso, em razão das múltiplas fraturas, mas já podia falar com desembaraço; portanto, falava muito e foi assim que recebeu a menina:

— Fernando, eu fiquei tão feliz por você...

— Pois é, Leticiazinha, quase que eu cago um queijo de coalho, mas escapei. Escapei fedendo, mas escapei.

— Eu agora vou vir todo dia, Fernando. Pensei que a gente podia continuar escrevendo as resenhas das músicas, mas meu pai disse que você tá muito fraquinho, então eu venho ler pra você. Quer que eu leia o quê, Fernando?

— O quê? Sei não. O que você quiser, Leticiazinha.

— Posso escolher mesmo?

— Pode.

— Então eu vou ler o livro de Lucas sobre Sandro Paulo. Você quer ouvir?

— Quero. Só assim eu descubro se aquele gordo escreve direito. Rildo chamou ele pra ajudar a escrever a minha biografia. Devia ter chamado você.

— Eu? Não, Fernando, eu ainda não tô preparada. Mas vou ler o livro de Lucas.

— Tá certo.

— E poemas também. Consegui um dos livros do seu amigo do Maranhão.

— Conseguiu?

— Consegui. Ele sabia das coisas.

— Sabia. Era um febrento.

E Fernando seguiu conversando com a menina.

Mais de uma vez quis perguntar por Katiuscia, mas não perguntou; talvez não ficasse feliz com o que ouviria ou talvez ficasse feliz demais.

Não sabia o que era pior.

Ou sabia?

2

Ninguém o preveniu e depois que aconteceu ele não cobrou nada.

Mas não era possível saber, ninguém sabia, até que Katiuscia foi visitá-lo.

Olhou-o enternecida e agradeceu. Ele, com cara de mau, disse:

— Eu faria por qualquer um.

Ela sorriu e perguntou se ele não queria tentar mais uma vez.

Ele tentou falar, por três vezes, e não conseguiu.

Só na quarta vez falou; e falou tão rápido e falou tanta coisa e tanto xingou que às vezes Katiuscia quase não entendia nada.

Quando acabou, soluçou de tanto chorar, mas Katiuscia não foi embora.

Ele, quando se acalmou um pouco, fechou os olhos e disse:

— Agora vá embora.

Mas sentiu que ela se aproximava e abriu os olhos apavorado.

Ela o beijou e depois disse:

— É a segunda vez que eu te peço perdão. Não vai ter uma terceira, por enquanto eu ainda espero, mas não vou esperar muito.

E só então foi embora.

Fernando chorou ainda mais depois que ela partiu; e quando finalmente serenou, falou alto consigo mesmo:

— Agora engole o orgulho com farinha ou então enfia no olho do cu.

E passou vários dias desanimado ou, como dizia Rildo, mofino.

Rildo o provocava, mas ele não reagia.

Àquela altura ninguém mais ignorava a visita de Katiuscia; no entanto, ninguém perguntou nada do que havia ocorrido entre eles, nem mesmo Leticiazinha, que era a única pessoa que conseguia fazer o doente se esquecer da bandida.

Até que uma tarde, quando fazia uma semana da visita da mulher, ele estava tão triste que a mocinha perguntou:

— Que foi, Fernando?

— Leticiazinha, eu só faço merda.

E começou a chorar.

A menina se aproximou dele e fez cafuné. Ele chorou muito e depois fingiu que dormia.

A menina foi embora.

3

Lucas pensou que podia aproveitar a imobilidade de Fernando para entrevistá-lo, mas em seguida ponderou que recordar a própria vida poderia fazê-lo ainda mais triste, ou talvez não. Perguntou a Marcone, a Rildo e a Leticiazinha se deveria tentar. Todos acharam que deveria; e se Fernando se entristecesse ainda mais, era só parar.

Ele tentou, e o poeta concordou em responder às perguntas quase que de imediato.

Na tarde da primeira sessão, Lucas perguntou:

— Eu sei que pode ser difícil, mas quero saber da sua mãe. Nas entrevistas que Rildo gravou não fica muito claro onde ela nasceu.

— Nasceu na Paraíba. A cidade é que eu não sei. Meu pai às vezes dizia que roubou ela de uma família de pistoleiros, no alto sertão. Meu pai era cometa, prestamista, caixeiro-viajante e cabra safado. Às vezes falava que roubou ela na feira de Campina Grande e outras vezes em uma vila de pescadores, perto da capital. Ela confirmava tudo o que meu pai dizia. Não sei de onde ela veio. Vai ver foi de São Luís? Foi não, ela falava diferente, cantado...

— Ela era bonita?

— Muito bonita. Era uma negra bonita. Leticiazinha diz que não se deve dizer uma negra bonita porque parece que todo negro é feio. Eu não acho, é que beleza é sempre exceção: entre os brancos, entre os negros, entre os índios e entre os mestiços. Nenhum dos filhos puxou a beleza dela. Puxamos a pai, que era branco e feio.

Pai cantava pra ela quando chegava encachaçado depois de ir pescar com Seu Raimundo:

Eu gosto da negra
Cor de carvão,
Eu tenho por ela
Grande paixão.

Que bem m'importa
Que falem de mim,
Eu gosto da negra
Mesmo assim.

"Mas pai não sabia cantar direito, mãe é que sabia. Eu me lembro dela cantando pra Ivone, que gostava de ouvir mãe, e pra Inês umas cantigas velhas assim:

Sambalelê tá doente
Tá com a cabeça quebrada
Sambalelê precisava
É de umas boas lapadas

Samba, samba, samba, oh lelê
Pisa na barra da saia, oh lalá
Samba, samba, samba, oh lelê
Pisa na barra da saia, oh lalá

Oh, morena faceira
Onde é que você mora?
Morro na praia Formosa
E daqui vou-me embora
Às vezes ela e meu pai brigavam cantando.
Às vezes ele começava.
Às vezes ela.

"Passavam uma hora brigando e a gente ouvindo, até que se cansavam e meu pai dava um beijo no cangote de minha mãe.

"Lembro de outra cantiga de roda que ela cantava pra Inês:

Sapo cururu
Na beira do rio
Quando o sapo canta
Ô, maninha
É porque tem frio

A mulher do sapo
Deve estar lá dentro
Fazendo rendinha
Ô, maninha
Pro seu casamento

"Ela tinha a voz bonita demais. E depois que ela morreu quem cantava pra Inês era eu. Cantava aquela música do sabiá."

— Seus pais morreram como?

— Foram visitar uns parentes de meu pai, que tinham sido padrinhos do casamento deles. Eram tios e primos que a gente não conhecia. Parece que um deles ajudou meu pai a roubar minha mãe.

"Minha irmã Inês dizia que minha mãe era uma princesa que uma bruxa tinha prendido no castelo da Rocha Negra e aí meu pai foi buscar ela.

"A pobrezinha chorou tanto quando soube.

"Eles morreram em uma enchente em Pedreiras. Hoje o lugar onde eles morreram se chama Trizidela do Vale. Na época era um distrito. Foi uma enchente do rio Mearim.

Levou tudo. Não escapou ninguém que estava no sítio. Nem a gente de casa, nem as visitas. Ninguém sabe por que não fugiram. Como aconteceu? Ninguém nunca achou os corpos. Ninguém nunca soube de nada."

— E o que foi que aconteceu depois?

— O costume era distribuir os órfãos entre os parentes. Eu e Ivanildo ficamos com tio João da Pedra e Ivone e Inês ficaram com tia Ana, mas a gente vivia se visitando porque os sítios eram tudo perto.

"Até que eu e Ivanildo brigamos por causa de Ricardina e eu fugi, quer dizer, fugi não, fui embora pra São Luís."

E depois de dizer isso, Fernando desconversou, mas não pareceu entristecido, pelos menos não mais do que estava antes da "confissão", por isso Lucas resolveu prosseguir com as perguntas no dia seguinte, se continuasse o bom tempo.

4

— Quer saber de quem agora?

— De Inês.

— Inês. Esse nome é amaldiçoado, se eu tivesse uma filha nunca que poria o nome de Inês. Dá azar. Uma vez Camilo me contou a história de Inês de Castro.

— Eu conheço.

— É bonita, mas é triste.

— Você nunca quis ter um filho?

— Eu tenho a gala rala... Eu não posso ter filho não. Comi muita mulher sem camisinha antes da Aids e nunca engravidei nenhuma.

— Mas teve uma que...

— Teve mais de uma. Mas é mentira. Eu queria ter filho, mas não posso. Ivone diz que eu caí da rede. Não sei o que uma coisa tem a ver com a outra, porque impotente eu não sou.

— Por que os irmãos todos gostavam tanto de Inês?

— Eu, Ivanildo e Ivone, temos muito ranço. Guardamos ódio, rancor como quem guarda ouro. Inês não, dizia o que pensava. Não tinha peçonha como o resto da família. Às vezes era cruel, mas nunca foi perversa. Vivia sonhando que era uma princesa, mas era feinha que só e ainda nasceu com uma perna maior que a outra. Mesmo assim mandava em todo mundo. Não batia um prego em uma barra de sabão. Não fazia nada. Só reinava. A gente é que fazia por ela.

— Por quê?

— Porque, por exemplo, ela dizia a Ivanildo: "Tu é tão forte, Ivan, corajoso, todo mundo tem medo de ti." E depois de um tempo: "Ivanzinho, vai lá no sítio de seu Izidro e rouba uma goiaba pra mim. Tô com uma vontade de comer goiaba."

Ou então, pra mim: "dá um pedacinho de carne pra tua irmãzinha manca". E eu dava.

— E ninguém ria dela?

— Rir, ria, mas ela contava pra gente e se houvesse jeito da gente machucar o debochado, a gente machucava. Eu e Ivanildo batemos em muito menino. Nas meninas quem batia era Ivone. Beliscava, dizia nome feio.

— E se fosse um adulto?

— Aí variava, uma vez seu Severino da Bodega disse uma graça com ela. Ela voltou chorando. Aí a gente esperou chegar o sábado. A bodega cheia. Eu e Ivanildo fomos brincar na frente da venda. Eu era o toureiro e ele o touro. Seu Severino era corno. Quem não sabia ficou sabendo quando o "urso" mandou a gente ir embora e se denunciou... Era sempre assim. Ela era a nossa rainha. Ela me pedia pra cantar e eu cantava aquela música do sabiá.

— De Luiz Gonzaga?

— Não. Aquela "Sabiá na gaiola fez um buraquinho, voou, voou, voou".

— De Carmélia Alves.

— Nunca soube o nome da cantora, mas essa ela gostava muito; e quando eu cantava ela dizia: "Ira, tu vai ser um cantor de sucesso. Já tô até vendo. Tu vai lembrar de mim? Da tua irmãzinha?" Eu não posso ouvir essa música sem chorar até hoje. Eita que tu me mata, gordo safado.

— Ela morreu de quê?

— Quando eu voltei pra Suassuapara com o disco embaixo do braço, ela se agarrou no meu pescoço. Estava tão feliz... Ela foi a única que acreditou em mim. Depois eu levei ela pra São Paulo pra ver se tinha jeito de igualar as pernas dela, mas não tinha. Pagava o que fosse preciso, mas não tinha jeito mesmo. Pelo menos não foi em vão a viagem, porque lá ela encontrou um paulista, um coió sem sorte.

— O que é um coió sem sorte?

— Um namorado azarado. A princípio ela não quis, disse que preferia Fábio Júnior, mas ele tanto fez que conseguiu. Aí um dia a gente já ia voltar, ela passou mal. Tinha um sopro no coração e outras merdas. Ficou internada. Mandei buscar Ivone e até Ivanildo. Ricardina não. Ela não gostava de Ricardina. Aí ela se despediu da gente e morreu. Levei o corpinho dela até Suassuapara. Paguei pra embalsamarem o corpo da bichinha, e eu e Bira e o coió sem sorte fomos de caminhão até o sítio, onde ela tá enterrada. Onde eu mandei construir aquele túmulo.

"Foi a viagem mais triste que fiz na minha vida. Foi aí que eu descobri. Eu era muito pobre, que dinheiro não serve pra tudo. Veja, não é que eu ache dinheiro ruim não; sei o que é passar necessidade. É melhor ter dinheiro do que não ter, mas eu tinha dinheiro e não consegui pagar pra consertarem as pernas de Inês e pra fazer o coração dela bater mais um tiquinho. Descobri o que todo mundo diz, que dinheiro não compra tudo..."

E o poeta calou-se e, para afastar a tristeza, gracejou consigo mesmo:

— E tem mais... Eu já tinha dinheiro e fui passado pra trás por um cantor de axé. Uma desgraça chamada Léo Pachanca. Léo Pachanca.

— Se fosse Anísio Silva... — arriscou-se a gracejar para Lucas.

E os dois começaram a rir.

5

As confidências de Fernando foram interrompidas por uma visita de Estado-Maior.

É claro que não se tratava de Marcone, Vicente, Leticiazinha, Rildo, Lucas, Bira, Betão, Seu Lapa de Corno e Dona Zefinha, o Baiano ou Ivone — esta última estava ao lado da cama de Fernando quando ele despertou, mas já tinha viajado de volta para o Maranhão, de onde ligava todo dia para saber notícias do teimoso. Tratava-se de Bigorrilho e de Suely, que não gostava de ser chamada de dona.

O casal havia voltado às manchetes porque o castelo cor-de-rosa estava quase pronto e o juiz já havia anunciado aos quatro ventos que iria "reinaugurá-lo" com uma grande festa para celebrar a confirmação dos votos matrimoniais que ele havia contraído com a "dama dos seus cuidados".

Por essa razão, Piragibe Pinto relembrou à cidade os inúmeros casos de corrupção envolvendo o juiz e a vida pregressa de Suely, também chamada de Cinderela, que há alguns decênios era uma das rainhas do lenocínio da capital, realeza que disputava com Maria dos Prazeres, também chamada Cabelo de Anjo, ainda na ativa e que obteve sucesso bem maior que o dela na arte de unir pau e boceta e ganhar dinheiro com isso.

Já o Gordo começou o artigo de fundo de seu pasquim, *O Pituboião*, do seguinte modo:

"Os persas, criadores das bases do Estado Moderno, puniam com a morte apenas três crimes: assassinato, estupro e aborto.

Apenas esses três crimes.

Mas havia uma exceção.

Apenas uma.

Um juiz que vendesse sentenças, que condenasse o inocente e inocentasse o culpado de maneira dolosa, era também condenado à morte e, depois de executado, enterrado sem a pele, que era retirada e curtida e depois servia para estofar a cadeira do próximo magistrado.

Antes de assumir o cargo, o "próximo juiz" ouvia da cidade inteira a história do magistrado que perdeu a pele.

É uma pena que em Jozebela tão salutar costume não tenha sido adotado..."

Mas, como fez durante toda a vida, o juiz levou tudo na galhofa e foi visitar Fernando Saymon; e depois de se inteirar pormenorizadamente quanto ao estado de saúde do rapaz, que não era rapaz há muito tempo, e ouvir a descrição do "cacete", sorriu — e quando ia fazer o pedido, a mulher disse:

— Deixa que eu falo.

— Tá bom, tá bom. Fale.

— Eu, quer dizer, nós, ficamos ainda mais fãs de você depois daquela visita e não queremos fazer a festa sem que o nosso ídolo esteja em condições de cantar. Você ainda canta pra gente, Fernando?

— Canto. Canto até de graça.

— A gente veio confirmar. Nós só vamos reinaugurar o castelo quando você estiver recuperado e puder cantar.

— E eu prometo que o primeiro show que vou fazer é pra vocês.

O casal ficou esfuziante.

Mas Fernando parecia querer dizer alguma coisa.

Até que Suely perguntou:

— O que foi, meu filho, quer pedir alguma coisa? Se Mozão, quer dizer, Demóstenes, puder fazer, é só pedir.

— É que ainda não está pronta. Mas eu tô fazendo uma canção pra vocês.

— Pra nós?

— É.

— Ah, eu quero ouvir.

— Eu só tenho a primeira parte e o refrão.

— Eu só saio daqui se ouvir.

— Suely, o rapaz ainda está convalescendo.

— Ah, Mozão. Eu quero ouvir.

— Eu preciso só de alguém que arranhe um violão.

— Eu consigo.

E o juiz foi embora e voltou com um maqueiro que disse ter pedido para um amigo buscar o violão dele. Quinze minutos depois chegava um segurança com um violão.

O maqueiro experimentou o instrumento.

Fernando ensinou o que sabia e depois cantou o bolero intitulado "Receita para ser feliz".

Bigorrilho chorou ouvindo.

Suely chorou; e quando os dois saíram do hospital, onde jantaram — alguma coisa insípida e nutritiva — com Fernando Saymon, a imprensa estava reunida e à espera.

Na realidade se tratava de dois jornalistas que souberam da visita demorada e pensaram que talvez o juiz tivesse passado mal ou mesmo que estivesse doente.

Não estava, mas estava tão feliz que falou aos jornalistas.

Contou a história da música, cantou o bolero com voz sofrível e ainda criticou os vereadores que ainda não haviam aprovado a entrega do título de cidadão jozebelense ao grande artista que era Fernando Saymon, o poeta do brega, que já era uma instituição da cidade.

Por fim, cobrou do prefeito que fosse erguida, o quanto antes, uma estátua do cantor no Parque dos Poetas.

E foi embora de mãos dadas com Suely, feliz como um menino que "arranjou" a primeira namorada ou ganhou um presente há muito esperado.

6

Naquela tarde, Lucas coçou a cabeça, respirou fundo, tomou coragem e perguntou:

— E Ricardina?

— Tá na casa dela vivendo as delícias do santo amor conjugal.

— Ela é de Suassuapara?

— É.

— Era da família mais rica do povoado mesmo?

— Só se fosse rica de bicho nos pés. Em Suassuapara não havia ninguém rico, só sitiante. Tinha quem tivesse mais galinha que o vizinho, ou porco, ou peru mais cevado, e só.

— E por que ela chamava tanta atenção?

— Por que o pai era mole, ela era safada igual cachorro de cabaré, melhor, igual raposa criada em casa, e tinha uma lapa de bunda de fazer gosto; e isso ainda mocinha. Adolescente.

— Você se apaixonou por ela?

— Não só eu. A mocidade de Suassuapara em peso. Todo mundo comia a burra Loló pensando nela.

— Mas você chegou aos finalmentes?

— Cheguei não. Quem chegou foi Ivanildo. Por isso nós brigamos e eu fui embora pra São Luís.

— Ela preferiu ele?

— Preferiu ou ele comeu ela a força, eu não sei. Mas depois contou tudo ao pai da ex-moça e noivaram.

— Ela era evangélica?

— Na época não tinha isso de evangélica, era crente. Mas não era não. Quando eu saí de Suassuapara não havia ninguém crente. E o padre de Riachão rezava uma missa por mês no povoado. A missa era bem dizer uma festa.

— Mas você namorou com ela?

— Eu achava que namorava. Mas ela era o tipo de mulher que lhe enchia de carinho de manhã e de tarde não lhe dirigia a palavra. Era safada. Nasceu safada e vai morrer safada. Assim que começaram a crescer os peitos e a nascer penugem ela andava o povoado inteiro, fazia o caminho mais longo até o rio, só pra avisar a rapaziada que ia tomar banho. Não ligava que a vissem, até gostava. Era de todo mundo e não era de ninguém.

— Ela beijava, ela...

— Ela gostava da safadeza, mas não fazia safadeza com todo mundo não; e pedia segredo, gostava de brincar de tirar leite.

— O que é isso?

— Tu nem imagina?

— ...

— Pois é isso mesmo. A gente marcava de se encontrar em uma prainha, uma curva do rio, meio escondida pelas árvores. Lá ela me mostrava os peitos e eu, em troca, mostrava o pau, aí ela brincava até tirar leite. Nessa época conseguia tirar leite duas vezes. Eu era bem dizer uma vaca leiteira. Ela me chamava de bezerrinho.

— Mas ela chupava?

— Não. E comigo nem um beijo de língua me deu. Às vezes, e era o que eu mais gostava, deixava eu me esfregar naquela bundona ou mamar naqueles peitões, mais nada. E justo quando a cachorra estava mais generosa, meu tio chegou com a notícia de que ela ia noivar com Ivanildo. Fui embora. Foi meu primeiro chifre. Isso porque nunca senti ciúmes da burra Loló. Mas lá em Suassuapara eu não comi ninguém. Fui comer em São Luís, na época em que vivia como menino de rua.

— E o que que faz um menino de rua?

— A gente mendigava, roubava um pouco, levava recado, aperreava as mulheres de boa família, apanhava da polícia, maloquerava, bebia, fumava, fodia, passava fome e queria ter uma casa.

— Foi aí que você começou a beber?

— Não, já bebia em Suassuapara. Mas não muito. Pra ser homem tinha que beber.

— E fumar maconha?

— Lá em São Luís se chamava liamba. Em cada canto do país tem um nome diferente. No interior do Pará ou é do Amazonas é dirigio. Mas em São Luís é liamba. Nunca gostei, só me dava uma febre. Ficava com o corpo quente e mais nada. Vai ver o que a gente fumava nem maconha de verdade fosse. Mas nunca gostei. Meu negócio sempre foi cachaça.

— E cocaína?

— Cocaína experimentei no Rio de Janeiro, quando saí com uma chacrete que gostava do pó e me pediu pra mandar comprar. Ela me fez cheirar em cima da bunda dela. Eu cheirei. Cheirei mais de uma vez, até que tive medo de não conseguir parar. Aí viajei pra Recife, onde tinha muito público, tenho até hoje, e comecei a encher a cara de cachaça dia sim e o outro também. Dali pra cá não cheirei mais. Um vício só é mais que suficiente pra acabar com um homem. E por hoje eu já falei demais. Vou trabalhar na cantiga do juiz.

— E a história da travesti?

— Tu quer apanhar, gordo safado?

— Eu não sei como tu iria me bater.

— É, eu tô fodido. Pareço um desenho animado.

— Foi verdade?

— O quê?

— A história da travesti.

— Na época eu expliquei o que aconteceu: nada.

— E ninguém acreditou.

— Foi verdade sim. Nunca contei a ninguém. Foi no Rio também. Eu tava chei de mé e saí com uma loura. Não me lembro por que, mas comi ela por trás. É estranho porque eu gosto mesmo é de boceta. Não gosto de cu não. Gosto de bunda, mas de meter no cu eu não gosto. Mas comi por trás. Dormi. Quando acordei ela tava do meu lado, meio dormindo e meio acordada, aí eu enchi a mão. Só que as travestis, pelo menos essa, escondia os ovos não sei por onde e botou uma maquiagem, uma massa corrida no entreperna, mas eu senti que tinha uma coisa errada e... Se tu rir eu te mato.

— Eu não tô rindo não.

— Aí eu disse: "O que é isso?" Ela falou: "É uma carolhoceta". Eu disse: "O quê?" Ela: "Um boceto, uma caralhuceta, nunca viu?" E eu: "Tu é homem, porra. Tu é homem". E comecei a chorar. Ela riu e disse: "Calma aí, Paraíba. Eu não comi teu rabo não. E tu bem que gostou de meter no meu cu".

— Ainda bem que ela foi compreensiva...

— Aí tudo bem. Eu paguei e fui embora. Nessa época tava passando uma temporada no Rio. Ela então me chantageou. Pediu dinheiro. Se eu não desse ela dizia à imprensa que tinha comido meu cu. Eu não dei. Ela contou que eu namorava ela há um bom tempo e não assumia. Ninguém acreditou. Quer dizer, teve gente que acreditou, mas eu tava cagando e andando pra o que pensavam de mim e ficou por isso mesmo. Mas Sandro Paulo soltou umas indiretas em um programa de rádio. Disse que admirava muito Roberto Carlos, já eu gostava mais de Erasmo. Aí eu virei piada. Por causa de Sandro. Nessa época Erasmo Carlos tinha um caso, ou disseram que tinha, não lembro mais, com Roberta Close. Lembra de Roberta Close?

— Lembro.

— Agora pega o beco. E olha lá o que tu vai escrever no livro. Acho que nem vou ler esse livro porque eu já conheço a história.

Lucas foi embora sorrindo.

7

A irmã mais nova de Katiuscia ligou para Leticiazinha.

Estranhou a voz da menina, desconfiou de uma brincadeira, mas depois resolveu tentar. Contou que havia entrado em contato com Ivone e que, depois de ouvir a história, a mulher disse que, para o que ela estava pensando em fazer, era melhor ligar para a assessora de imprensa do irmão.

E o que Fabiuska e também Veruska — publicamente a irmã mais velha, embora, na realidade, Katiuscia fosse a mais velha das três, razão pela qual elas se confundiam publicamente sobre quem nasceu primeiro — queriam era aproximar Fernando da irmã.

Fabiuska começou perguntando pela saúde de Fernando e, depois que ganhou confiança, contou que a irmã, embora nunca tivesse dado o braço a torcer, jamais tinha esquecido inteiramente o poeta.

Leticiazinha ouviu tudo e foi logo entendendo.

Depois os telefonemas se amiudaram e a menina disse que Fernando era apaixonado por Katiuscia e se a encontrasse outra vez perdoava tudo e mais um pouco, então começou um complô para juntar os dois bicudos.

A menina pensou que o show no castelo cor-de-rosa poderia ser o momento ideal, mas não disse nada, pois Fernando ainda não conseguia nem ficar de pé.

Portanto, o show poderia demorar muito para acontecer.

Mal sabia a menina que a Polícia Federal estava investigando a compra e reforma do castelo, na operação, ainda sigilosa, que se chamava Cofrinho do Amor.

O que Leticiazinha soube e foi logo contar a Fernando, assim que ouviu a notícia no programa de Sonia Abrão, foi que o grupo Kibombombom não aceitou gravar "Na lasca da galega", novo sucesso de Léo Pachanca, que, outra vez, havia caído na gandaia e assumido a bissexualidade. Razão pela qual o cantor fez referências acanalhadas ao romance que viveu com Katiuscia, que, por sua vez, respondeu com uma piada sobre o desempenho sexual do garanhão do axé, desde aquela época aficionado por um fio terra.

    Leticiazinha, que não era boba nem nada, só contou o começo da história e Fernando, claro, foi procurar as notícias no computador, que era como chamava o celular. Gostou do que leu e mais ainda do que ouviu nos programas de fofoca, por isso esteve de bom humor por uma semana inteira.

8

Quem mais lucrou com o bom humor de Fernando foi Lucas, que pôde perguntar sobre quase tudo, inclusive sobre a história do pacto, que virou piada, razão pela qual o poeta não gostava de falar no assunto, mas acabou falando:

— Isso foi coisa de Bira. Ele tinha lido alguma coisa ou assistiu a um filme sobre um tocador de rabeca que tinha vendido a alma ao diabo pra tocar melhor e inventou uma história pra eu repetir. Nessa época tudo o que Bira dizia, eu não pensava duas vezes, fazia. Virei piada. Até Adelino Nascimento fez graça comigo.

— E qual foi a história?

— Eu contei e recontei que eu cantava em tudo o que era lugar e não acontecia, quer dizer, não fazia sucesso algum, até que um dia, depois de ter cantado até de madrugada em um cabaré da zona de São Luís, pra ganhar dez mirréis, entrei em um bar e pedi cachaça. Só estava o dono, que era um sujeitinho feio, mirrado, do cabelo de milho, que, de instante em instante, cuspilhava no chão. Ele trouxe logo a garrafa e dois copos, sentou-se comigo e sem dizer nenhuma palavra me serviu e se serviu; e depois da terceira dose eu comecei a chorar e falei de todas as minhas dificuldades. Em seguida, fiquei com vergonha de ter aberto o coração daquele jeito pra um estranho; aí ele falou:

— E se eu disser que eu sou o diabo? — E riu um riso de dentes podres.

— Eu não acredito. — Foi o que eu disse, mas senti um frio na espinha.

— Eu posso fazer tudo, tudo.

— Tudo mesmo?

— Tudo. Posso fazer que você cante como Vicente Celestino.

— E eu preciso fazer o quê?

— Por enquanto só beber o resto da cachaça que sobrou na garrafa. A outra parte eu cobro depois.

"Eu sorri e bebi; e, depois, toda vez que eu cantava, embora não sentisse mudança alguma na minha voz, as pessoas paravam pra escutar. Eu contava a lorota com brilho no olho, tinha gente que ficava querendo acreditar."

— Mas por que virou piada? Não era pra ninguém acreditar, era?

— Não. Mas toda vez que eu contava a história, contava de um jeito diferente.

"Uma vez disse que o diabo não era o dono do bar, mas um negro alto, vestido de branco, que usava chapéu de massa e se chamava Aleixo. Disse que ele pediu pra sentar na minha mesa e quando soube que eu era cantor pediu pra que eu cantasse uma música de Ângela Maria, "Fósforo queimado", eu cantei; pediu pra eu cantar uma música de Dalva de Oliveira, "Bandeira branca", eu cantei; pediu pra eu cantar "Lua branca", de Chiquinha Gonzaga, eu cantei; aí ele me deu um charuto e foi eu fumar o charuto e cantar tão bem, que virei, bem dizer, uma sereia, todo mundo parava pra me ouvir.

"Eu comecei a abusar.

"Outra vez contei que o diabo era um marinheiro chamado Joe, que veio se enxerir pra rapariga que estava me acompanhando na zona de Recife.

"A lei da zona é uma só: não se mexe com mulher já acompanhada.

"Por isso eu briguei com ele e todo mundo acabou brigando no cabaré. Aí já não era um bar; o cenário da história era um cabaré. E eu continuei o causo assim: aí foi cacete e o dia já tava amanhecendo quando ele me disse: "se tu me soltar eu realizo o teu maior desejo". Eu então ri e soltei ele e quando cantei, durante a noite seguinte, percebi que atraía a atenção de todo mundo que me escutava.

"Aí eu exagerei pra valer.

"Mas a coisa virou piada mesmo quando eu fui em um programa de entrevistas e contei mais ou menos essa última história; e o apresentador, que eu não vou dizer o nome, me olhou e disse:

— Que história?

— Pois é?

— Uma voz como a tua, só podia ser coisa do diabo mesmo."

— ...

— Tu tá rindo, gordo safado? Ele também riu, mas eu dei-lhe um tabefe que a dentadura dele voou longe, parecia um bumerangue.

— Isso foi ao ar?

— Foi não. Mas todo mundo soube. Todo mundo da televisão, do rádio, da música — e a coisa virou piada. E ele começou a contar essa história nos shows que fazia, com a cara mais lisa do mundo, e eu tomei raiva da história e não contei mais. Bira não gostou, achava que eu deveria contar, mas não sempre, só de vez em quando; dizia que mesmo ninguém acreditando, impressionava, mas eu não contei mais.

— E onde foi que você conheceu Bira?

— Em um forró, em São Paulo. Ele tinha chegado da Paraíba e trabalhava no rádio. Fazia de tudo, mas queria mesmo era fazer letra de música, quer dizer, já fazia, pra dupla caipira e forrozeiro safado. Nessa época a safadeza imperava no forró, o duplo sentido. Fazia também letra de brega, mas o primeiro grande sucesso foi comigo "A flor das sete pétalas". Música minha e letra dele. Ele escrevia também peça de circo como *O planeta das macacas*, *Cabeça inchada*, *Joelho de porco*; traduzia aqueles livrinhos de faroeste, de putaria e aquelas histórias pra mulher que vendia em banca. Ainda vende.

"Bira é inteligente que só a porra.

"Depois a gente nunca deixou de se falar.

"Eu vim pra Jozebela "também" porque ele tinha se mudado pra cá, queria virar escritor. Nessa época a gente era mais chegado, agora somos menos, mas sempre que encontro ele é como se a gente continuasse um papo interrompido.

"Uma vez eu disse a ele: 'Bira, se eu já não tivesse feito sucesso antes de te conhecer eu achava que tu era o diabo, por que 'A flor das sete pétalas' fez um sucesso do caralho.'

"'Te dana. Sangue de Cristo tem poder', ele respondeu. Gosto demais de Bira."

9

O Gordo levou até Fernando uma brochura muito ordinária, mas incrivelmente conservada, e disse:

— Conhece o autor desse livro?

Fernando pegou o livro e começou a folheá-lo com todo o cuidado.

Leu alguns poemas e quase se emocionou, depois disse:

— É meu?

— É um presente.

— Tu encontrasse isso aonde, gordo safado?

— Em um sebo. Foi difícil. Ele escreve muito bem. Eu não conhecia.

— Pouca gente conhece, mas ele era o homem mais inteligente que eu já conheci. Tanta inteligência assim só mesmo Leticiazinha, mas ela ainda é menina, pode perder o amor pelo estudo. Ele eu conheci velho.

— Como?

— Eu fazia trabalho de menino pra ele: levava recado, depois comecei a ir comprar fruta pra Dona Ana, mulher dele, depois comecei a cuidar dos passarinhos do casal, até que o velho me chamou pra morar mais ele. Eu era menino de rua e fui. Aprendi a tocar violão com os sobrinhos de Dona Ana. Com ele aprendi o que sei de poesia e de livros. Não é muito, mas me fez conhecido como o poeta do brega.

— Ele não tinha filhos?

— Não. Tinha não. Acho que quem não tem filho vive melhor com a mulher. Eles eram apaixonados. Dava gosto de ver.

— Eles se acarinhavam muito?

— Não, velho, gente velha não gosta de chamego na frente dos outros, digo gente de outro tempo, mas eu percebia o amor nas palavras, nos olhares, nas atenções.

— Ele gostava de ouvir o quê?

— Música clássica. Ouvi muita música clássica com ele, mas não guardei o nome dos compositores, das orquestras; porém, ouvia e ficava encantado e ele ficava feliz. Mas gostava também de seresta, de música antiga, modinha, maxixe, samba, frevo, tudo. Ele ainda tinha disco de cera. Gostava de Orlando Silva, de Alberto Calheiros, de João Petra de Barros, de Dalva de Oliveira, de música americana, de bolero. Gostava de uma cantora, o nome eu nunca esqueci, Chabuca Granda, essa cantava bonito demais.

— É estranho ele gostar de tanta coisa.

— Eu também achava, porque ele ia ao cinema ver filmes de faroeste, lia gibi. Tinha um velho, Doutor Aristávora, que assim que reparava em um gibi, dizia: as puerilidades de Petrônio. Ele era conhecido por Petrônio, mas eu chamava ele de Camilo, como Dona Ana. O nome dele todo era Camilo Petrônio Moscoso de Almada e Silves.

— Ele gostava de tudo isso mesmo, não era pra tirar os amigos do sério?

— Era não, gostava sim e me dizia: "Ribamar", que era como me chamava, não sei por quê. "Ribamar, um homem que gosta de música clássica é um homem sensível e tem alguma inteligência, alguma cultura; um homem que gosta de música clássica e samba de morro é ainda mais sensível e inteligente" e começava a sorrir. Ele gostava de tudo. Ouvia as histórias da Nega Bila, as presepadas de Seu Onofre, as histórias de putaria de Neto Rapariga. Gostava de tudo, só não gostava daquela revista, *Seleções*. O resto ele gostava.

— Ele te ajudou muito?

— Ajudou. Foi ele que comprou a passagem pra eu seguir pro Rio de Janeiro. Eu disse a ele, "Camilo", por que não chamava ele nem de Seu, nem de professor, "só volto com um disco embaixo do braço". Cumpri o que prometi, mas quando voltei ele tinha morrido. Dona Ana, que tava morando já em outra casa, com uma irmã mais moça, me recebeu e a gente chorou uma tarde inteira, lembrando dele. Dona Ana falou que ele ficava muito emocionado ouvindo minha voz no rádio. Isso é uma coisa que eu dava dez anos da minha vida pra ver. Pouco depois Dona Ana morreu e eu não consegui mostrar a ela a música que fiz pra ele. Esse livro. Lembro dele. Camilo gostava muito, dizia que era o menos ruim que ele escreveu. Vou ficar pra mim.

— É seu. Já disse.

— Gordo, será que eu vou morrer? Dizem que antes de morrer todo mundo relembra a própria vida.

— Falam que é assim mesmo, mas quem é famoso conta a própria vida muitas vezes.

— É, mas conta de um jeito diferente toda a vez que conta. Eu já contei essa história a Rildo, mas não desse jeito.

— Pois é.

— Por que tu não escreve sobre ele também? Leticiazinha diz que tu escreve pra muita revista.

— Vou escrever quando conhecer melhor. Gostei muito desse livro.

— Ele chegou a traduzir a *Eneida*?

— Traduziu, mas a tradução não foi publicada.

— Sumiu?

— Sumiu não, tá guardada no Biblioteca Benedito Leite.

— Tu pesquisou mesmo, hein?

— Eu não brinco em serviço.

— Ele gostava muito também daquele livro *Pantagruel e Gargântua*, que eu chamava, pra irritar ele, de

"Seu Manel chegou pra janta", e de um escritor que eu acho que é invenção dele, que se chamava Béroalde de Verville. Já ouviu falar?

— Não, mas vou procurar saber quem é.

— Ele disse que só não traduzia esse Beroaldo porque não conhecia francês o suficiente e já tava traduzindo a *Eneida*. Vai ver ele existe.

— E entre os brasileiros?

— Ele gostava de Camilo Castelo Branco, que não é brasileiro, eu sei, mas ele dizia que é o melhor escritor da língua portuguesa, melhor do que qualquer outro. Ele tinha uma estante só com livros de Camilo Castelo Branco, que herdou do pai. O pai colocou o nome dele de Camilo pra homenagear o escritor. Uma vez ele passou uma tarde inteira me contando a história da vida do "suicidário de São Miguel de Seide". Dava uma novela. Não dava, não?

— Dava... O que foi?

— Como ele dizia, são os reclamos das tripas, meu jovem, chama a enfermeira que eu preciso cagar.

E assim acabou a entrevista daquela tarde.

10

Naquela outra tarde, Lucas foi direto ao ponto:

— É verdade que depois que Sandro Paulo morreu você nunca mais dirigiu?

— É não. Mas a morte de Sandro confirmou o que eu sempre repeti: é estrada que mata cantor de brega. Matou Francisco Alves, matou Evaldo Braga, matou Carlos Alexandre, matou Maurício Reis.

— Mas você não tem carro.

— Tenho não, é melhor. Eu bebo um pouco, se é que você não percebeu. Se ainda dirigisse já tinha morrido, ou pior, matado alguém.

— E aquela fotografia da capa do primeiro disco. Foi ideia de quem?

— Minha mesmo. Eu ouvia as músicas de Roberto Carlos e queria ter um carrão, até que comprei um, mas a verdade é que nunca gostei de carro. Só voltei a ter um carrão mesmo quando namorei a bandida, mas comprei pra ela guiar. Nunca gostei de dirigir.

— E avião?

— Também não gosto. Se eu pudesse só andava a pé. Não gosto de cavalo, não gosto de bicicleta, não sei andar de bicicleta. Em moto eu não subo. Não gosto de canoa, de barco, de navio; de trem eu gosto mais, mas se pudesse só andava a pé.

— E avião?

— Se tiver que andar, ou melhor, que voar, eu voo, mas não gosto. Tive um medo da porra de avião. Uma vez eu fui fazer um show em um garimpo no Pará, ou foi em Rondônia, não lembro mais, mas foi naquele meio de mundo lá. E quase me obro todo. Quase não, me obrei todo. Primeiro porque o piloto, e só tinha piloto, não tinha ajudante não, havia arrancado as cadeiras pra encher o bicho com pacotes de comida, garrafa de cachaça e maço de cigarro pra vender no barracão do garimpo.

"Dentro do avião era assim: saco de fubá, de feijão, fardo de carne de charque, óleo, o piloto, eu e o meu guitarrista, Chico Virou Bode. Mas, de qualquer jeito, chegamos lá, fizemos o show, enchemos a cara de cachaça e coisa e tal. Eu comi a mulher mais feia que eu já vi na minha vida. Recebemos em ouro e voltamos.

"A volta é que foi difícil.

"A pista era pequena demais, aí pegavam o avião e amarravam com umas correntes, umas cordas. Não me lembro mais; só sei que amarravam em um daqueles pés de pau da Amazônia, que são grandes que só a porra.

"Aí o piloto acelerava até o fim da pista e o avião preso e ele acelerando pra o motor girar mais e pegar potência. Até que depois de não sei quanto tempo o "ajudante", que ficava em terra, cortou a corda. Aí o avião deu um pinote, que eu quase morro de medo, e subiu descontrolado.

"Demorou até o piloto conseguir domar o bicho.

"Quando domou eu já tinha perdido umas três pregas do cu.

"Caguei-me todo.

"Eu e Chico também, enquanto o piloto ria e brincava: "Isso é uns dois cabras frouxos da porra."

"E a gente quieto.

"Eu ainda disse pra Chico: "Deixa essa porra descer que eu sento o braço nesse amarelo filho da puta."

"Mas o piloto era gente fina, só era meio irresponsável e dessa vez eu não fiz nada. Tirei até uma foto com ele. Ele queria mostrar pra esposa."

— Isso é verdade?

— E eu sou homem de mentir? Pode perguntar a qualquer um que já fez show em garimpo nos anos oitenta e você vai ouvir a mesma coisa.

"Pergunte a Gretchen, a Amado Batista, a qualquer um. Agora depois dessa eu não repeti a dose."

— Não foi mais à Amazônia?

— À Amazônia fui, mas de aviãozinho nunca mais. Uma vez fui de uma cidade pra outra de barco, não me lembro mais em que fim de mundo peguei "o gaiola", mas a cidade de destino era Santarém. Quando voltei pra São Paulo, nessa época morava em São Paulo, passei mais de um mês sonhando com a viagem, lembrando do tempo que passei admirado, olhando a floresta ou então as estrelas no meio da noite. Não saía da minha cabeça, que coisa mais linda. Até quis fazer uma música pra Amazônia, fiquei com vontade, mas queria que fosse boa e não aquelas bostas que Roberto Carlos fez. Porém nunca que tive uma ideia que prestasse, nunca soube como fazer. Por isso não fiz.

— É bonito mesmo?

— É. Todo mundo devia conhecer aquilo lá pra saber que a gente não vale nada. Aquilo é a maior prova da existência de Deus e olha que eu às vezes duvidava, mas diante daquilo não dá pra duvidar não. Agora pega o beco que eu já falei demais.

Lucas foi embora.

Estava outra vez satisfeito.

11

Fernando e Lucas assistiam a um telejornal, até que o poeta perguntou:

— Hoje não tem sabatina não, gordo safado?

— Posso fazer aquelas perguntas de revista de fofoca?

— Como?

— Assim: eu digo um nome e você me responde o que vier na cabeça.

— Como eu não tô fazendo nada mesmo, pode perguntar.

— Flávio Cavalcanti.

— Um escroto que gostava de humilhar os artistas.

— Chacrinha.
— Era gente boa. Parecia aluado, mas era gente boa. Pra cantar lá o jabá era alto.
— Silvio Santos.
— Fui pouco ao programa dele, mas sempre me tratou bem.
— Raul Gil.
— A mesma coisa.
— Bolinha.
— Ah, Bolinha era o melhor de todos. O programa de Bolinha era minha casa. Hoje quase ninguém sabe quem é, mas esse foi um amigo. Eu gostava de Bolinha e das boletes.
— Roberto Carlos.
— Não vai perguntar pela bolete que não sorria não?
— Roberto Carlos.
— Eu gostava de Roberto Carlos. Aquela música, "Cavalgada", eu acho bonita demais. Depois fiquei com antojo. Aqui em Jozebela falam abuso. Peguei uma raiva de Roberto Carlos. Acho que foi porque ele se isolou do mundo e aí começou a fazer merda. Aquela música da Amazônia, das baleias e o rap que ele gravou, "Seres humanos", puta que pariu, mas fez coisas muito bonitas também.
— Waldick Soriano.
— Um grande artista. Melhor compositor que cantor. Não gostava de mim, mas eu gostava dele.
— Reginaldo Rossi.
— Se cantasse uma tota do que tinha certeza que cantava era bem dizer Frank Sinatra, mas não cantava merda nenhuma. Um boçal.
— Amado Batista.
— Grande profissional, mas eu acho as músicas dele chatas demais. Não sei como alguém consegue ouvir

aquilo. Prefiro ouvir essas músicas de hoje de "Senta na minha pica" do que as músicas de Amado Chatão Batista.

— Osvaldo Oliveira.

— Gosto demais de Osvaldo. Ainda gravo aquela música: "Só castigo".

— Oswaldo Bezerra.

— Esse é o rei do brega de verdade. Tenho orgulho de ter cantado com ele por uns três meses naquelas cidades da Chapada Diamantina, ô meio de mundo bonito é lá. Oswaldo dá de dez a zero em Reginaldo Rossi.

— Agnaldo Timóteo.

— Grande cantor. Se fosse macho de verdade teria sido o cantor mais popular do Brasil.

— Ângela Maria.

— Uma cantora que até hoje eu paro pra escutar.

— Dalva de Oliveira.

— A mãe de todos nós. O pai é Vicente Celestino.

— Núbia Lafayette.

— Grande cantora. O povo nunca a esqueceu, nem vai esquecer.

— Osmar Navarro.

— Foi meu produtor. Nunca conheci alguém mais gentil. Chorei como uma cachorra quando ele morreu. Nem gosto de lembrar. Era daquelas pessoas que faz a gente acreditar no mundo. Cantava bem e compunha ainda melhor. Aquela música que eu gosto tanto e não me canso de cantar, "A mais bonita das noites", é dele. Queria que fosse minha.

— Caetano Veloso.

— Quando não complica até que faz umas coisas boas. O problema dele é que nunca deu o cu, se tivesse dado teria sido um artista da porra. O que faltou pra ele foi uma pica no cu.

— Chico Buarque.

— Um Fernando Saymon que foi pra universidade. Mentira. Não acho isso não, mas a frase ficou boa.

— Ficou. Chico Buarque.

— Como cantor é uma bosta. Mas "A banda" é uma música que eu queria ter feito.

— Odair José.

— Esse é um Roberto Carlos da terceira divisão. Não canta nada também. Toda vez que eu estava mal, ouvia um disco de Odair José e ficava feliz. Ele é mais feio do que eu e canta pior.

— Maurício Reis.

— Esse, assim como Sandro, não vale. Foi meu amigo e amigo não tem defeito.

— Zé Ribeiro.

— Grande cantor. Já cantei com ele.

— Adelino Nascimento.

— Adelino e Raimundo Soldado também não valem. Foram meus amigos.

— Cauby Peixoto.

— O maior cantor que o Brasil já teve. Nunca ouvi ninguém cantar tão bem quanto ele. Uma das maiores alegrias da minha vida foi ter dividido o palco com Cauby. Você nunca foi no meu apartamento, foi?

— Não.

— Eu tenho uma foto com Cauby. Mandei ampliar, emoldurar e coloquei na sala. Um dia te mostro. É o meu maior tesouro.

E agora chega que isso já tá ficando chato, e a gatinha está chegando pra começar a fisioterapia.

12

A gatinha em questão era uma mulher magra e feia, cujo olhos eram grandes e arregalados, mas excelente profissional, com quem Fernando não teve problemas.

Quando o poeta finalmente começou a caminhar e estava para ter alta, ela sugeriu que ele contratasse um personal trainer.

Falou de uma sobrinha e o poeta concordou.

Pediu a Marcone que acertasse as coisas e qual não foi a surpresa dele quando o empresário chegou acompanhado por uma bela mulher: alta, mas não muito; o corpo bem definido, mas nada que assustasse, pois exibia ao mundo não apenas músculos, mas peitos pequenos, bunda arrebitada e cintura fina.

Os olhos e os cabelos eram castanhos.

Era bonita e exalava saúde.

Era, isso sim, gostosa.

Foi o que Fernando pensou ao vê-la.

Marcone, que parecia muito bem impressionado com a bela profissional, enumerou diante dela e de Fernando as qualificações da moça, como se fosse necessário. Portanto, assim que o poeta teve alta, todos os dias a bela da tarde ia exercitá-lo no Palácio do Brega e, assim que ele pôde, caminhar com mais desenvoltura, no Parque Brancaleone ou em alguma praia, embora Fernando não percebesse nenhuma graça no mar.

Uma vez ele escandalizou Rildo, na praia do Chega Negro, ao dizer:

— Coisa sem graça da porra é o mar. Prefiro rio.

Raíssa, que era o nome da personal trainer, fazia tudo para agradar Fernando, mas não conseguia.

O poeta fazia tudo o que a professora mandava para voltar a andar "aprumado" e não cansar em dez minutos e estava fazendo progressos, mas Raíssa sentia não hostilidade, porém algum desconforto por parte do aluno. Até que não aguentou mais e enquanto o poeta tomava fôlego, sentado em um banco do Parque Brancaleone, depois de correr para lá e para cá em volta de um jambeiro, perguntou:

— Estou pra te perguntar faz tempo. O que foi?
— O que foi o quê?
— Você sabe.
— Eu não sei de nada.
— Sabe.
— Sei, mas não digo.

E começou a rir.

— Pode falar, o que é que te incomoda em mim?
— É... Tá certo... Então eu vou ter que falar mesmo. Mas deixe eu falar até o final e não se ofenda.
— Tudo bem.
— Eu te acho muito gostosa.
— E daí?
— É, eu sei, isso não é novidade. Tu é gostosa mesmo. O problema é que eu sei que a senhorita não quer dar pra mim. Quer dizer, esse também não é o problema, porque eu não quero te comer.

Ela arregalou os olhos e ele continuou:

— Quer dizer, eu até quero...

Ela arregalou ainda mais os olhos.

— Mas sei que não vai acontecer; mas, mas não é isso que me incomoda.
— Então o que é?
— Eu passei por uma desilusão amorosa.
— Eu soube.

— E desde que eu passei por essa desilusão só faço beber e quando a carne reclama vou até a praia do Abacateiro, entendeu?
— Entendi.
— Só que agora, depois da surra, eu passei esses meses todos sem beber, me alimentando bem e agora me exercitando.
— E daí?
— Daí que a carne tá reclamando mais. Um dia eu fui olhar a tua bunda. Você sabe que todo mundo e a mulher de seu Raimundo olha a tua bunda, e fiquei de pau duro.
Ela, que, na hora, abria uma garrafinha de água, deixou a tampa cair.
— Eu não sou menino e fiquei com vergonha de você me pegar de pau duro. E como você anda com essas roupas de ginástica e tem essa bocona de boqueteira e esses olhões... Sempre gostei de mulher do olhão, resolvi encarar você o menos possível para não me denunciar. Olhar a tua bunda então nem pensar.
Ela virou uma caricatura de assombro e depois começou a rir.
Ele também.
Até que, quando sossegaram, ela disse:
— Pode olhar e pode ficar de pau duro. Eu não ligo, mas também não vou dar pra "o senhor". Se achar melhor me dispensar...
— Não. Eu devia saber que "a senhora" sabe que todo mundo quer te comer mesmo e nem liga.
— Pois é.
— Então estamos conversados, Dona Raíssa gostosa, viveremos felizes para sempre enquanto durar o mundo.
E assim o homem feio e a mulher bonita se tornaram camaradas que falavam sobre tudo, até sobre sexo.

13

Em Jozebela cachorro olha para os dois lados antes de atravessar a rua, gato abre torneira para beber água limpa, beija-flor toma Coca-Cola e o mais bestinha dá beliscão em azulejo.

Mesmo assim, uma menina com a inteligência de Leticiazinha não se encontra à toa, não nasce todo ano.

Foi ela que combinou com as irmãs de Katiuscia o que fazer para aproximar os dois teimosos, e ambas, Veruska e Fabiuska, convenceram a irmã a ouvir a assessora de imprensa e jovem amiga de Fernando Saymon sobre, entre outras coisas, a possiblidade de o trio realizar uma temporada de apresentações em Jozebela.

As "uskas" passaram quase um mês, vez ou outra, falando da menina, que, segundo a história que inventaram, era a responsável por fazer o primeiro contato com os artistas que despertavam o interesse de algumas casas de shows de Jozebela, conhecidas porque sempre pagavam muito bem.

Katiuscia tinha visto e trocado meia dúzia de palavras com ela, enquanto se recuperava da surra.

Intuiu que havia alguma coisa errada, mas como Baby Face estava de calundu e ela curiosa, resolveu atender a menina, que não entrou logo no assunto, mas falou de si mesma, que era a mais jovem assessora de imprensa do Brasil, que depois de trabalhar para Fernando Saymon foi procurada pela boate Cauby e outras leviandades.

Até que Katiuscia perguntou por Fernando, então a menina confidenciou, colocando açúcar na voz, as aflições que o poeta sentia por ela. Depois contou que ele havia recuperado a saúde e do show que faria no início de maio, no castelo cor-de-rosa.

Narrou a história de Bigorrilho e Cinderela e, por fim, convidou-a para comparecer ao show.

Katiuscia perguntou se Fernando sabia do convite.

Ela disse que não.

— Então eu não vou.

— Por que não vai? Ele te ama.

— Isso eu sei.

— Então, por quê?

— Porque eu já pedi perdão duas vezes. Já pedi duas, duas vezes pra ele voltar e ele não voltou.

— Se você for ao show ele não resiste. Ele volta.

— Eu pedi uma vez e depois pedi outra vez. Não vou pedir a terceira vez. Um é pouco, dois é bom e três já é demais.

Leticiazinha se deu conta de quanto um ditado pode ser estúpido e respondeu:

— Você não quer ser feliz?

A mulher replicou com um sorriso sarcástico e depois falou com raiva:

— Eu já disse que não vou me humilhar.

— Não precisa se humilhar, basta deixar que ele te veja. Ele tá doido pra perdoar.

A mulher ficou em silêncio.

— Posso te mandar o convite?

A menina cruzou os dedos.

A mulher respirou fundo. Ofegou com raiva, e a menina pensou que poderia vir um palavrão, mas ouviu:

— Pode.

Então Katiuscia desligou e a menina sorriu.

Depois fez um gesto de vitória que ninguém presenciou.

14

Fernando Saymon possuía o *physique du rôle* perfeito de um cantor de brega; por isso, se não estivesse vestido com espalhafato, podia ser facilmente confundido com um servente de pedreiro, com um pedreiro e, por que não, com um mestre de obras.

Poderia ser confundido com um vendedor de picolé, um motorista de ônibus e um limpador de fossa, razão pela qual não tinha problemas para sair à rua, mesmo porque, se alguém o aborrecesse, ele mandava logo tomar no olho do cu e pronto.

Naquele dia resolveu sair e falou para a menina:

— Leticiazinha, meu cabelo tá muito grande, não tá não?

— Tá sim, Fernando.

— Hoje o Gordo vem aqui?

— Disse que vem.

— Vou perguntar se ele não quer conhecer a Jaqueira Velha.

Jaqueira Velha é um dos bairros mais antigos de Jozebela, bairro de gente pobre, que fica perto do centro.

Quando Lucas chegou, pouco depois da uma da tarde, Fernando, interessado em conseguir uma carona até lá, fez a proposta, prontamente aceita.

O poeta orientou o Gordo a estacionar o carro nas imediações da praça 26 de julho e de lá seguiram a pé, até a barbearia de Zé Carlos Marcelo, que encontraram vazia, com exceção do dono.

O dono ouvia música enquanto esperava os clientes, que rareavam, pois ele avisava aos rapazes que só cortava cabelo de velho, ou melhor, em estilo militar ou quase.

Ao reconhecer de imediato Fernando, Carlos Marcelo pulou da cadeira em que estava sentado, sorriu e disse:

— Poeta.

— Zé Carlos.

E como começou a tocar "Tango para Tereza", na voz de Agnaldo Timóteo, os dois começaram a dançar um tango no meio da barbearia, para espanto de Lucas, que depois do número de dança foi apresentado ao barbeiro e logo esquecido, pois os amigos tinham muito o que conversar:

— Plenamente recuperado?

— Aquele filho da puta tinha mão de alface.

— Fico feliz em te ver.

— Bira me disse que tu teve doente também.

— Tive. É minha perna. Deixa eu te mostrar.

Pegou o celular e mostrou a Fernando a foto da perna esquerda, inchada e inflamada, do tornozelo à panturrilha.

— Caralho. Parece...

— O homem elefante da Lagoa.

— Pois é.

— É problema de circulação. A vida inteira em pé cortando cabelo e fazendo barba. Agora tá melhor. Se não tivesse de calça, mostrava.

— Por que tu não se aposenta?

— Eu tô aposentado. Mas continuo cortando cabelo pra me distrair. Em casa fico só assistindo televisão. Aqui escuto meus bregas, corto cabelo e falo da vida alheia.

— Se é assim.

— Não abro mais todo dia não, só quando tô disposto.

— E a birita?

— Deixei.

— Deixou mesmo?

— Agora eu sou de Jesus.

— Não diga...

— Vou à igreja, quem tem cu tem medo, mas não virei bode não, continuo católico. Participo de pastoral e tudo, de vez em quando viajo, conheci até Dom Rola.

— Foi mesmo?

Dom Rola é o apelido que os jozebelenses deram ao arcebispo que, é voz corrente, tem o cu mais valente do hemisfério ocidental.

Em seguida, Fernando, enquanto tinha o cabelo cortado, ia perguntando pelos amigos e conhecidos ali das dezoito ruas e treze becos da Jaqueira Velha, mas a maioria tinha morrido.

Por fim, começaram a falar de brega; e, para terminar, não falaram nada, porque o poeta quis fazer a barba.

Barba feita, antes de se despedirem, passaram meia hora altercando porque o cliente queria pagar e o barbeiro não queria receber.

E quando finalmente encontravam-se na porta do estabelecimento, Fernando disse:

— Esse gordo aqui está escrevendo a minha biografia.

— Eu apareço? — perguntou Zé Carlos Marcelo.

— Agora aparece.

— E tem mais — disse Fernando.

— Tem mais o que?

— Vou fazer um show particular pra Bigorrilho.

— Tô sabendo.

— Esse é particular, mas quando iniciar uma nova turnê, venho aqui trazer o convite.

— Nesse caso só me resta ir. Né, não? — falou pra Lucas.

— É.

Em seguida, Fernando foi até o mercado, àquela hora quase fechando as portas, para comprar algodão-doce para Leticiazinha. Comprou também umas galinhas de açúcar e uns bolos de saia, pois sabia que a mocinha não se ofenderia com os presentes.

Lembrou-se de Raíssa e comprou a mesma coisa para a bela mulher, apenas para irritá-la, porque Raíssa era inimiga número um do açúcar.

Quando estavam saindo do mercado, Lucas perguntou:

— E eu não ganho nada não?

— Tu, gordo safado, quem mandou nascer com uma rola e dois ovos pendurados. Macho não ganha flor não.

Lucas começou a rir e quase se engasga, pois havia comprado quase um quilo de seriguela e começava a devorá-las ali mesmo.

15

Naquela tarde havia um movimento inusual no Palácio do Brega, quase sempre silencioso, pois lá estavam, além de Fernando e Leticiazinha, Raíssa, Vicente e Marcone.

Os dois últimos esperavam a visita de Jackson Pacheco, contabilista recém-liberto da casa das sete trancas, que chegou pouco depois que o poeta, a professora e a menina terem ido correr na orla.

Antes de sair, Fernando havia autorizado Marcone a contratar os profissionais necessários para preparar o show da turnê que pretendia começar logo após o São João.

Concordou que poderiam também gravar um DVD e, por derradeiro, finalmente aquiesceu em disponibilizar as próprias músicas em um serviço de *streaming* que, apesar das explicações de Leticiazinha, não entendeu direito o que era.

Mas não as novas canções, que ele queria gravar em estúdio profissional.

Por isso Marcone estava radiante quando recebeu o mágico capaz de dividir números primos por qualquer número, provar que dois mais dois pode resultar em cinco e o que mais o cliente precisar, e tudo isso por uma módica quantia.

As notícias eram boas, as contas de Marcone não haviam motivado a prisão do contabilista e a Receita Federal continuava sem saber das estripulias do fã número 1 do brega.

É isso mesmo, Marcone sonegava impostos, mas não roubava os clientes dos seus inúmeros negócios, como o próprio Jackson poderia atestar.

O contabilista prestou conta do trabalho realizado e depois comentou:

— O cantor não tá por aqui não, né?

— Tá não. Foi correr.

— É uma pena, se não estivesse tão ocupado, acalmando os clientes, ficava pra conhecer.

— Você é fã de brega?

— Pra falar a verdade, não. Não sou muito de música não. Prefiro cinema, mas cinema antigo. Giuliano Gemma, Charles Bronson, Clint Eastwood.

— É mesmo?

— É.

— Então pra que conhecer Fernando? Pelo que eu lembro a única aparição dele no cinema foi em uma pornochanchada.

— Eu queria conhecer um homem que ganha dinheiro com os chifres.

Os três riram.

— E vai ganhar mais, quer fazer uma turnê, gravar as músicas novas. O homem é uma mina de ouro.

— É o corno dos chifres de ouro, isso sim. É meu cliente. Indiretamente, mas é. Pena que eu não conheço.

— Venha aqui no domingo depois do meio-dia. Como você sabe, ele está se recuperando da surra que levou, aqui em casa.

— Ele vai fazer o show pra Bigorrilho?

— Vai.

— Eu fui convidado.

— Então eu te apresento ele lá.

E depois o contador e os clientes falaram de muitos assuntos que não têm interesse pra história de Fernando Saymon.

Por fim, despediram-se enquanto Fernando suava, Leticiazinha bebia água de coco, Raíssa dava ordens e quem passava "punha reparo" na saúde da personal trainer.

16

Fernando estava passando por maus bocados; por isso, se não tivesse sido convidado para conhecer o castelo cor-de-rosa no domingo pela manhã, teria, por sua vez, chamado Bira para passar pelo menos o final de semana na praia do Abacateiro, isso porque, como se tivesse voltado à adolescência, passava as noites pensando em Katiuscia e, pior, sonhava.

Cada sonho melhor que o outro.

Durante a noite anterior havia sonhado por um ano inteiro.

Primeiro sonhou com a mulher ajoelhada em cima de uma cadeira de palha, de costas para ele.

Ajoelhada não é a palavra mais correta, porque a bandida parecia mais estar debruçada sobre a cadeira, posando para uma revista masculina, daquelas que já não existem.

Porém, como não encontro a palavra correta, estava ajoelhada sim, enquanto segurava, delicadamente, com as mãos, o encosto da cadeira e olhava para trás, de modo que o sonhador via os cabelos encaracolados da musa como cabras descendo as encostas das montanhas de Midiã, os olhos grandes e molhados e o sorriso fazendo promessas indecorosas.

No entanto, como a bandida estava sumariamente trajada, ou seja, com um vestido justo que, naquela posição, subiu até quase a cintura, deixando a bunda à mostra, ele pouco reparou nos cabelos da amada.

Reparou mais em uma bela, grande e esplendorosa bunda, que engolia uma calcinha amarela e minúscula que, ao mesmo tempo, escondia e realçava um pequeno monte de carne fendida que, naquela posição, se assemelhava a um pingo d'água do tamanho de um punho fechado.

O vestido era de oncinha e, para finalizar, ela estava calçada com sapatinhos amarelo-limão.

O poeta acordou suado e voltou a dormir, mas sonhou outra vez com a bandida. Dessa vez ela estava inteiramente nua, deitada na cama e brincando com o dedo, mexendo em certo lugar que o sol nunca alcança, onde nasciam pelinhos e um homem encontra a felicidade, que é quente e úmida.

Depois dessa visão do paraíso o poeta acordou, bebeu água e voltou a dormir e, finalmente, sonhou pela terceira vez na mesma noite. Dessa vez a bela dançarina estava vestida, não muito. Estava em um teatro trajando um vestido tão justo e viscoso que bastava um pequeno movimento dela para mostrar, não as coxas, que já estavam à mostra mesmo, mas a calcinha.

A parte de cima do vestido deixava entrever os seios, que balançavam, mas não muito, por dentro do tecido branco.

Era uma espécie de vestido de camponesa bávara muito calorenta ou muito safada.

Ela, muito dengosa, fazia caras e bocas, cantando as seguintes quadrinhas:

Nas noites quentes da praia,
Como é bom se o tempo é mau;
Se de calor se desmaia,
Em vez de um rabo de arraia
Um sorvetinho de pau!

A gente pega no cabo,
Leva à boca devagar
Como sente um pobre diabo
Molenga como um quiabo
O creme se desmanchar.
Sorvetinho, sorvetão,
Sorvete dos coronéis.
Quem não tem seiscentos réis
Não chupa sorvete não.

Desta vez o poeta acordou todo melado e indignou-se consigo mesmo, pois nem mesmo quando era rapaz havia passado por aquilo; mesmo assim, sem alternativas, aliviou-se, tomou banho, lavou a cueca e a calça do pijama velho e fedido com que dormia, para não dar o que falar à irmã de Dona Zefinha, que lavava a roupa da casa, e depois foi assistir televisão tentando lembrar de onde conhecia aqueles versos.

Só se lembrava de que sorvetinho de pau era picolé em mil novecentos e guaraná de rolha.

Talvez tivesse sido em um pastoril de ponta de rua.

Não se lembrava, mas tentava lembrar para esquecer a lembrança da bandida: martelando, martelando, martelando...

17

Naquele domingo pela manhã o Palácio do Brega acordou cedo, pois todos queriam conhecer o castelo cor-de-rosa, que Bigorrilho havia comprado e restaurado.

O convite para conhecê-lo era para Fernando e Leticiazinha, mas se estendia a toda a família e agregados, isto é, Marcone, Vicente, Jeniffer — namorada de Vicente — e até mesmo Sula, filha de Marcone que vivia mais na casa do namorado que na própria casa, que também quis conhecer o palácio, acompanhada do quase consorte.

Por sua vez, Fernando convidou Rildo, Lucas e Raíssa; portanto, todos estavam reunidos no Palácio do Brega às cinco da manhã, quando o sol já envolvia Jozebela.

Às seis estavam no portinho do rio Gargaú, onde já esperavam o casal Bigorrilho e Suely e mais um faz-tudo deles, um ser de sexo e idade indefinidos e simpatia arrebatadora que atendia por Príncipe Bergoglio.

Do portinho do Gargaú até a ilha a "viagem" era curtinha, e quando Fernando e sua *entourage* desembarcaram em Itarana ficaram maravilhados: o castelinho estava como novo.

E apesar de ser conhecido como castelo mourisco, de mourisco não tinha nada; era um castelinho em estilo francês, ou melhor, em estilo de Walt Disney, pois poderia ter saído de um filme de Cinderela.

Mas antes de entrarem no "paço", o casal anunciou a todos que o palco para o show de Fernando seria erguido fora do castelo e a cerimônia de renovação dos votos matrimoniais ocorreria no salão principal.

O roteiro seria: a renovação dos votos, o show de Fernando e o banquete.

Então Leticiazinha perguntou:

— E se chover?

Suely olhou a menina de forma carinhosa e depois falou para Bigorrilho:

— O que foi que eu disse?

— Mulher é tudo igual — resmungou o juiz, dizendo em seguida para a menina:

— Ela me perguntou a mesma coisa e, por via das dúvidas, vou mandar aparelhar outro salão para o show, mas não vai chover. Agora venham ver o castelo.

E o casal, acompanhado por Príncipe Bergoglio, que retificava várias informações, foi mostrando cada cômodo da suntuosa edificação, das masmorras, isso mesmo, masmorras, até uma espécie de sótão.

A vista do castelo era estupenda.

De um lado se avistava a cidade, que modificava a vida de qualquer forasteiro que resolvesse habitá-la, que mudava o caráter de qualquer um, que não admitia meio-termo: ou se amava Jozebela ou não se vivia em Jozebela.

Do outro lado era o mar azul infinito.

Todos ficaram deslumbrados; e depois de tanto sobe e desce, quando as barrigas roncavam, o casal convidou para o almoço, servido em uma mesa enorme.

O prato principal e único, em homenagem a Fernando, foi arroz de cuxá.

Fernando era do interior do Maranhão e nunca gostou de arroz de cuxá, e não fazia ideia de quantas vezes havia comido arroz de cuxá, mas para não ser indelicado e como estava com muita fome, ele comeu com gosto e repetiu.

E tomou uma dose de tiquira, a azulzinha, trazida de Barreirinha mesmo e não falsificada no distrito industrial de Jozebela ou em Calais.

E foi só, porque os homens não tiveram direito a sobremesa, mas as mulheres tomaram sorvete de coco com chocolate e Fernando se lembrou do sonho da noite de sexta para sábado.

Já Rildo, enquanto bebericava tiquira, não se conteve e perguntou:

— Como eu sei que vou ser convidado... Posso vir de mulher-gato?

Suely riu e disse:

— Pode, Príncipe Bergoglio me disse que vem vestido de gueixa.

— Venho mesmo. A roupa já tá pronta e provada.

Quando o almoço acabou, eles passaram para outro salão, este bastante arejado, onde ficaram jogando conversa fora até o sol esfriar e, como sempre, Fernando teve que cantar; e cantou, claro, "Receita para ser feliz", que outra vez emocionou o casal. Depois seguiu cantando como uma cigarra rouca e cachaceira.

Por essa razão, só perto das cinco da tarde os visitantes deixaram o castelo, acompanhados por Bigorrilho e Suely, que no dia seguinte voltariam à labuta.

No portinho do Gargaú todos se despediram; e já no Palácio do Brega, Fernando notou Marcone preocupado.

Quando ficou a sós com ele, indagou o que estava acontecendo:

— Tá preocupado com Vicente?

Ele riu amargo e respondeu:

— Tô não. Já percebi que a moça é puta, mas ele já tá vacinado. Isso de chifre é da vida mesmo. Ele se acostuma.

— Então o que foi?

— Fiquei triste por Bigorrilho. Ele é ladrão, eu sei, mas é gente fina, não é não?

— É. Gostei muito dele.

— Fiquei sabendo que a Polícia Federal tá no cós do velhinho. Vai prender e não demora. Ele tem muitos amigos, mas tem muitos inimigos também.

— Mas vão prender antes do casamento?

— Espero que não. Ocorre que o delegado que tá atrás dele é amostrado que é danado. Não sei o que vai aprontar. E vão prender ela também, que muita coisa que ele roubou tá no nome dela, inclusive o castelo.

— Danou-se. Ele sabe?

— Sabe. Mas confia nos amigos. Não devia confiar.

— Espero que deixem pra prender depois da festa.

— Eu também.

Ao ouvir aquilo, Fernando também ficou triste e, pelo menos naquela noite, não sonhou com Katiuscia.

18

Naquela tarde, Bira estava satisfeito.

O sonho de Bira era tornar-se um escritor famoso, famoso mesmo; e para isso ele já tinha publicado de tudo e sempre dizia:

— Em último caso, eu publico uma epopeia.

Estava feliz porque uma youtuber havia comentado a última produção dele, um livrinho de contos chamado *Quedizeres*. Isso porque achou muita graça em um dos personagens, que propunha mudar o "lema" escrito na bandeira do Brasil, de "Ordem e Progresso", para "Beber cachaça e comer boceta", ou mais sucintamente "Cachaça e Boceta".

Porém alguns militares e muitos crentes não gostaram, de modo que estavam achincalhando o livro na internet. Por isso Bira, adepto do falem mal, mas falem de mim, resolveu comemorar. Chamou Fernando, Rildo e Lucas e seguiram à procura de um bar, uma vez que o Colecionador de Chifres estava na moda e ele queria um lugar mais tranquilo.

O que não falta em Jozebela é bar.

Mas o felizardo não se agradou de nenhum nas imediações do Palácio do Brega, onde foi buscar os amigos, até que Rildo propôs:

— Eu sei de um bar muito agradável.

— Um bar de fresco?

— É, mas é só pra beber mesmo. Só vai fresco.

— E eu sou fresco?

— Isso eu não sei. Não é da minha conta, mas ninguém faz o teste da goma lá não. É bem tranquilo. Espaçoso.

— Onde é?

— Perto da Bezerrinha do pé quebrado.

— Bora.

Ao chegarem ao bar, que se chamava Bar da Xoxota, foram muito bem recebidos e logo começaram a beber com gosto.

Até que, depois de falar pelos cotovelos, Bira pediu a Lucas, que era o mais silencioso dos quatro:

— Meu jovem, diga-me uma coisa interessante?
— Uma coisa interessante?
— É.
— Você soube do caso do corno de Deus?
— Não.
— Eu soube — disse Rildo e começou a rir. Fernando perguntou:
— Que história é essa?
— Foi uma mulher do Rio de Janeiro. Evangélica, esposa de um personal trainer, que resolveu sair à noitinha pra fazer caridade com a sogra. Aí a sogra voltou pra casa e ela não, e o marido foi atrás da pobrezinha.

E acabou encontrando a "perdida" perto do centro comunitário onde ela servia como voluntária.

— Num motel?
— No carro dela. Ela embaixo e um morador de rua em cima. No vuco-vuco, no lapt lapt e no lept lept. O marido achou que ela estivesse sendo estuprada e sentou o pau no negão do cabelo de beterraba que tava comendo ela. Aí chegou um sargento da PM e levou todo mundo pra DP.

— E aí?
— Aí o marido disse que achou que ela estava sendo estuprada. O mendigo falou que ela chamou ele pra brincar de esconde-esconde e ele agradeceu a Deus e foi. E ela disse que havia recebido uma mensagem divina para ajudar as pessoas, aí ajudou com o que tinha.

Bira comentou:

— É uma mulher admirável, não é não, Fernando?
— É. Nunca me fizeram uma caridade de tabaco; e olha que eu já precisei.
— Eu também careci muito.
— Eu então? — falou Lucas.

— Então por quê? — perguntou Bira.
— Porque eu sempre fui gordo.
— Já pra mim quiseram dar; eu é que não quis comer, tenho nojo — assegurou Rildo.
— Pois é. Deus dá perequita a quem prefere rola — filosofou Bira e, em seguida, propôs:
— Vamo fazer uma canção, poeta?
— Bora.
Depois os dois sorriram e Bira perguntou, relembrando uma história antiga que não contaram aos jovens:
— O que é que tem na mala do meu carro?
— Seu Zé.
E saiu para buscar Seu Zé, que era um violão velho que sempre levava consigo.
Voltou e pediu autorização ao dono do bar e a um grupo de amigos que bebia "com força" para fazer zoada. Todos deixaram; e até tarde da noite, enquanto consumiam aguardente de cana e mastigavam pedaços de bife de fígado acebolado, queijo de coalho caprichado no "sá" e carne de sol, compuseram a canção "Corno por vontade divina", que muito desagradou a irmandade de São Cornélio, porque um corno não deve ridicularizar um irmão de chifres. Como Lucas e Rildo contribuíram para a letra, entraram como autores.

Uma semana depois, quando Bira enviou para o Gordo o áudio da canção, o rapaz ficou emocionado e prometeu convencer uns amigos de Fortaleza a oferecer a música a Falcão, o rei do fake brega, porque era bem no estilo dele.

19

Naquela noite, Fernando acordou assustado e quase foi acordar Leticiazinha.

Isso porque sonhou, de certa forma, com Katiuscia, porém não foram os agradáveis sonhos de uma semana atrás; desta vez fora um sonho só, assustador.

Primeiro ele viu uma multidão chorosa e só então deu-se conta de que estava morto, só que de bruços, deitado no caixão; e como sentiu uma brisa desarrumar a leve penugem que desde a adolescência lhe cobria a carnação da bunda, percebeu que estava nu da cintura para baixo e com as pernas abertas.

Como estava de pernas abertas dentro do caixão, não sabia, e também não sabia por que, todos que se aproximavam dele, embora chorosos, ao invés de fazer uma oração por sua alma, enfiavam-lhe, com força, o dedo no cu.

E não era uma simples dedada não; era a famosa dedada de Jozebela, especialidade dos zagueiros do Fumanchu e do Marítimo, de modo que ele estava sendo velado não em câmera ardente, mas de cu ardido.

Era cada dedada de fazer pinotar, mas ele não pinotava, pois estava morto ou, pelo menos, inerte.

E já estava se acostumando à coisa quando sentiu uma pontada, ou melhor, uma dedada furiosa, não sabia de quem, mas logo depois reconheceu a voz: era de Waldick Soriano, que falou, sem tirar o dedo do cu dele:

— Seu merda, fique com a mulher que você ama. Eu não tive essa oportunidade.

Ele então acordou.

O sonho foi tão real que ele disparou para o banheiro para examinar o próprio ânus, também chamado butico e toba.

Estava tudo bem, fora só um sonho, mas ele ficou entristecido e intrigado.

O primeiro impulso foi falar com Leticiazinha, mas como não foi logo, ficou com vergonha.

Marcone não estava em casa.

Sula estava, mas ele não tinha intimidade com a moça, então ligou para Rildo, que não atendeu.

Ligou para Bira, que atendeu meio aborrecido; ouviu a história, pediu a Fernando que repetisse e depois caiu na gargalhada, razão pela qual Fernando irou-se e disse:

— Quer saber de uma coisa, cabra safado. Vá tomar no olho do seu furico. E eu só não vou aí arrancar o seu cu, fazer um bife e vender na feira, porque você é meu amigo.

E desligou, enquanto Bira ria tanto que uivava.

20

Bigorrilho adivinhou chuva e resolveu antecipar a festa.

Informou a Fernando, que passou uma tarde com o casal, escolhendo o repertório; na verdade, ouvindo o repertório que Bigorrilho e Suely já haviam escolhido há tempos.

Depois perguntaram quem ele queria convidar.

Como a família de Marcone receberia um convite à parte, disse que se pudesse levaria Rildo, Lucas, Bira e Raíssa.

O casal, que já havia reservado dez senhas, concordou; e assim que o poeta voltou para casa com a novidade, convidou Leticiazinha e Rildo para ajudá-lo a escolher a "indumentária" do show.

Ambos concordaram, e naquele início de noite, Leticiazinha ligou pra Katiuscia, para avisar da mudança de data da festa, mas a mulher disse que não ia, que tinha show, e desligou o telefone.

Leticiazinha pensou um pouco e ligou pra Fabiuska, que disse:

— Ela vai. Já comprou até a roupa. Tá só fazendo doce, pode ficar sossegada. Só prepare as coisas para ela poder entrar.

Leticiazinha foi falar com o pai, que garantiu que ela entraria, pois Bigorrilho e Suely gostavam muito de Fernando. Ele mesmo cuidaria de tudo. A menina, embora contasse com isso mesmo, ficou esfuziante; e no outro dia foi até o Bazar Brechó de Tia Neusa, onde Fernando, desde que chegou a Jozebela, ia comprar as roupas extravagantes que usava nos palcos.

As outras comprava em qualquer lugar.

O Bazar Brechó de Tia Neusa era o maior estabelecimento de venda de objetos de segunda mão de toda Jozebela, de todo o estado da Borborema, quiçá de todo o mundo sublunar.

Era dividido em sessões e abrangia o terreno equivalente a um quarteirão inteiro, onde, no tempo em que os animais falavam, funcionava uma tecelagem. Havia a sessão de música, de livros, de objetos de cozinha, de objetos de decoração, de colecionáveis etc., etc., etc.

Lugar que um conhecido jornalista afirmou ser um templo dedicado ao Deus Mau Gosto.

A sessão de roupas masculinas só não era maior do que a de roupas femininas; e lá, Rildo, Leticiazinha, uma jovem vendedora chamada Denise e um não tão jovem vendedor chamado Alfredo tiveram uma tarde agradável ouvindo os comentários de Fernando diante do espelho, ao experimentar calças, camisas e ternos de todas as cores e padronagens que a imaginação humana já concebeu.

Eram comentários do tipo:

— Porra, eu tô parecendo um cabide.

— Esse de zebra não, o que que há?

— Isso é roupa de Don Juan de puteiro.

— Essa calça eu não quero não. É até bonita, mas agarra na perna. Se eu tivesse as pernas bonitas como Agnaldo Timóteo, tudo bem, mas, com esses cambitos, não senhora.

Até que o poeta se encantou por uma camisa amarela e um terno xadrez azulado e calças da mesma cor.

O tecido do terno parecia um plástico e a camisa era amarelo vivo, de modo que, ao se mostrar para a assistência, Fernando sorriu e disse:

— É essa.

Ninguém comentou nada, e o poeta perguntou à menina:

— Como é que eu tô, Leticiazinha?

— Fernando, você parece embrulhado pra presente.

Rildo soltou uma gargalhada, a vendedora não conseguiu segurar o riso, o vendedor olhou para o outro lado e riu também.

E Fernando disse:

— Isso aqui é elegância de palco, minha filha. Vocês não sabem porque não são artistas. É essa mesmo. Vou chamar de conjunto sol e mar.

Leticiazinha começou a rir.

— Até você? — disse Fernando, que também caiu na gargalhada, mas levou a roupa assim mesmo. O custo: cento e vinte reais.

21

Fernando não costumava ficar nervoso demais antes dos shows.

Não conseguia era relaxar depois dos espetáculos.

Mas daquela vez ficou nervoso, de qualquer modo fez tudo o que tinha que fazer: ensaiou, passou o som; e, na hora marcada, estava vestido de preto para assistir ao "casamento", quando Bigorrilho mandou chamá-lo:

— Fernando. Fernando eu gosto muito de você. Não, não fale não, só escute. Essa aqui é a chave mestra do castelo, tome. Abre todas as portas. Se acontecer alguma coisa comigo é seu, por uma semana. Entendeu, Fernando? Agora eu preciso terminar de me vestir.

E sem deixar Fernando dizer uma palavra, dispensou-o; e ele voltou ao salão para esperar pela cerimônia de renovação dos votos matrimoniais do casal mais querido de Jozebela.

Foi uma cerimônia simples e bonita.

O que houve de mais extravagante foi o vestido cor-de-rosa de Suely.

Até o discurso de Dom Rola foi bonito, e o casal parecia em lua de mel antecipada, enternecido e sorridente.

E foi assim, como se fossem namorados de poucos dias, que seguiram para fora do castelo, enquanto Fernando despia o terno preto e vestia o conjunto sol e mar a fim de cantar para os convidados as canções da vida de Bigorrilho e Cinderela.

Ao entrar no palco, o poeta agradeceu pelo convite, elogiou o casal e soltou a voz, acompanhado pela banda Los Toros.

Começou o show cantando "Noite cheia de estrelas".

Na plateia, Katiuscia se escondia dos olhos dele, mas não conseguiu se esconder dos olhos de Leticiazinha, cujo rosto iluminou-se em um sorriso quando viu a bandida vestida de branco, com duas tranças no cabelo.

O show prosseguiu até que Fernando fez uma pausa para contar a história de como conheceu o casal e de como fez uma canção para celebrar o amor dos dois. Chamou-os ao palco e cantou o bolero "Receita para ser feliz", enquanto o casal dançava e depois se beijava discretamente, para delírio da plateia.

Porém, quando Bigorrilho e Suely das Rosas desceram do palco, uma equipe da Polícia Federal apareceu, ninguém sabe de onde, com fuzis a tiracolo, para surpresa de quase todos os convidados; e quando finalmente todos entenderam o que estava acontecendo, Bigorrilho gritou:

— Continua, Fernando.

Os convidados vaiaram a polícia, que sumiu com o casal, deixando todos atônitos, olhando, pouco depois, um barco deixar a ilhota; até que Fernando continuou o show repetindo "Receita para ser feliz".

Entretanto, muitos convidados deixaram a festa, hora em que Katiuscia veio se aproximando do palco, atraindo todos os olhares, porque era uma mulher exuberante, e perturbando Fernando, que errou três vezes a letra de "A mais bonita das noites".

Fernando seguiu o show até o final, depois respirou fundo e disse:

— Eu fiz essa canção para a mulher da minha vida, a mulher que eu nunca esqueci.

E cantou "Coração sem medo".

Depois desceu do palco e caminhou desengonçado até Katiuscia; então, para não se arrepender, perguntou, quase ofegante:

— Eu ainda tenho lugar no teu coração, princesa?
Ela não respondeu, mas sorriu e o beijou.
Fernando ouviu os aplausos e ficou envergonhado. Depois segurou na mão dela e disse:
— Vem comigo.
— Pra onde?
— Uma princesa precisa de um castelo.
E a levou para o "quarto vermelho" do palácio cor-de-rosa, que fora preparado para as, por assim dizer, segundas núpcias do casal de proprietários, onde os apaixonados permaneceram por uma semana, enquanto o resto do mundo não existia.
Depois disso, foram felizes até a primeira briga.
Porém seguiram o exemplo, ou seria o conselho, de Lupicínio Rodrigues: de que é melhor brigar juntos do que chorar separados; e continuam um casal até hoje, que pensa em viver unido até que a morte os separe ou os una de vez.
E assim acabou-se a papa doce.
Morreu Maria Preá.
Entrou pela perna do pinto,
Saiu pela perna do pato.
O Seu Rei mandou dizer:
Que quem quiser que conte quatro.

FONTE Utopia Std
PAPEL Pólen Natural 80 g/m²
IMPRESSÃO Paym